아빠가 사랑하는 딸에게 들려주는 이야기

사랑하는 딸아

글 | 안시안

도서출판 다담북

사랑하는 딸아

발행일 2015년 8월 25일 초판 인쇄

지은이 안시안
발행인 최한호
출판사 다담북
디자인 s.i.r.u.
등 록 2012년 10월 16일 제 2012-000018호
주 소 인천시 부평구 부평동 부평문화로 115번길 54 미성 304
전 화 032)507-6509
팩 스 032)507-6505
E-mail chh6505@naver.com

ISBN 979-11-86354-12-4 03810
정가 13,000원

사랑하는 딸아

| 책 앞에 |

사랑하는 딸아.

여기 적힌 모든 말은 너에게 들려주고픈 아빠의 마음이다.
때로 사랑이라는 이름으로 너에게 화를 내기도하고
매를 들기도 했었지.
너는 아빠를 도무지 이해할 수 없는 어른으로 생각했을 것이다.
아빠는 언제나 자유를 꿈꾸는 너의 발을 묶었고
친구를 만나려하면 공부를 앞세워
너희들의 우정까지 의심했었구나.
아빠가 이루지 못한 꿈을 너에게 강요했음을 고백한다.
아빠와 너의 삶이 다르듯 꿈도 다르다는 사실을
아빠는 깨닫지 못했구나.

사랑하는 딸아.

네가 좀 더 세상을 살면 알게 되겠지만 아빠가 세상을 살면서
배우고 느끼고 체험하고 그리고 후회하고 감사했던
사랑과 우정과 꿈과 이별과 자유에 대해서
너에게 들려주고 싶었구나.
그것은 순결한 너의 가슴에 상처를 입지 않기 바라는
아빠의 마음 때문이기도 하다.

아빠는 이 책에서 너의 아름다움과 지혜로움과 상냥함에
감탄하는 일은 말하지 않았다.
이제 너는 칭찬만이 좋은 것이 아니 란 걸 알만큼 자랐기 때문이다.

아빠는 너를 사랑한단다.

— 아빠가

contents

사랑 없이 살 수 있는 사람
손들고 나와 봐.
사랑은 받은 만큼
다시 돌려주는 것이야.
이자까지 붙여서.

사랑은 해야 되기에 하는 것이고
할 수밖에 없기에 하는 것이야.

그래서 사람들은
사랑 받지 못하는 괴로움보다
사랑하지 못하는 괴로움으로
더 가슴 아파하는 거야.

제1부

사랑에 관하여

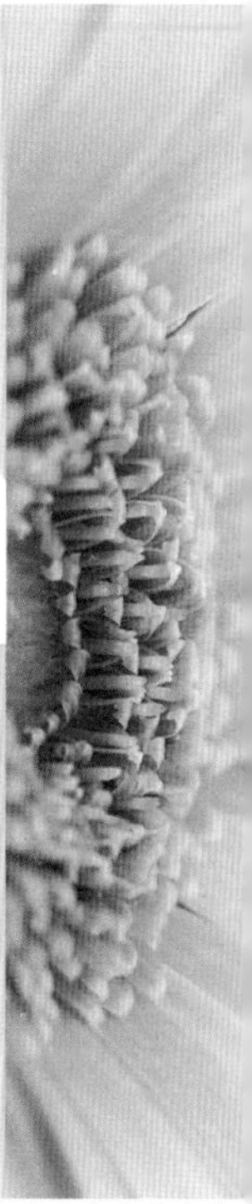

1

사랑하는 딸아.

"사랑은 오래 참고 사랑은 온유하며, 투기하는 자가 되지 아니하며,
사랑은 자랑하지 아니하며, 교만하지 아니하며,
무례히 행치 아니하며,
성내지 아니하며, 진리와 함께 기뻐하고, 모든 것을 참으며,
모든 것을 믿으며,
모든 것을 바라며, 모든 것을 견디는 것,"만이

사랑의 전부라고 나는 너에게 말하지 않겠다.
사랑은 무겁거나 아득하거나 화려한 것이 아니다.
사랑은 뺨에 닿는 바람처럼
자연스럽게 느껴지는 감정이며
언제나 만나는 반가운 얼굴이며
낮이면 밤이 기다려지고
밤이면 아침이 기다려지는 마음,
바로 삶 그 자체인 것이다.
사랑을 어려운 것이라 생각해서 몸을 움츠리거나
준비가 필요하다고 해서 시간을 기다리는 것은
어리석은 일이다.

사랑은 하나에다 하나를 더하면 둘이 되는 것이고
사랑은 그냥 읽기만 해도 가슴이 따뜻해지는
시 같은 것이다.
열심히 살고 있는 것만으로도 너는 많이
사랑하고 있는 것이다.

2

꽃에 나비가 앉는다고 해서
서로 사랑하기 때문이라고 생각지 마라.
세상에는 그저 살기 위한 몸짓이
사랑처럼 보일 때가 있다.
사랑이 아니면서 사랑이라고 하는
거짓에 현혹되어서는 안 된다.

사랑하는 딸아.

사랑이란 자신의 이익을 생각지 않고
오직 기쁘게 주는 것이다.
때로 바보처럼 생각될 때도 있지만
남에게 베푼 사랑은
자랑도 말고 가슴에 두어서도 안 된다.

3

사랑하는 딸아.

눈이 오는 날 좋아하는 사람이 그리워지는 것은
희디흰 순백의 영혼에다 사랑의 약속을
적어두고 싶은 마음 때문 일게다.
눈이 오면 그리움이 솟고
눈물 몇 방울 남기고 이내 스러질 만남,
그래서 보고픈 사람이 더욱 보고파지는 것일 게다.
눈송이 송이마다
그리움의 말 한마디 적어놓고
부끄러워 말 못하는
사랑하는 마음도 담아놓고
아! 눈이 오는 날은
기뻐 가슴 벅차 마구 달려가고 싶은 것일 게다.

4

어느 기자가 [마더 테레사]에게 물었다.

"수녀님은 무어라고 기도하십니까?"
그 질문에 테레사 수녀는 조용히 고개를 숙이고 이렇게 대답했다.
"저는 듣습니다."
의아해하며 기자가 그녀에게 다시 물었다.
"그러면 수녀님이 들을 때 하나님은 무어라고 말씀하십니까?"
이 질문에도 역시 그녀는
"그 분도 들으십니다."라고 대답했다.

말하기 못지않게 듣는 일이 중요하다는 것을
일깨워주는 얘기다.

사랑하는 딸아.

사랑은 받는 기쁨보다 주는 기쁨이 더 큰 것이지만
먼저 상대의 어려움이나 아픔을 살피고 들어주는
마음이 필요하다.
상대의 눈물을 닦아주는 일,
상대의 마음과 하나 되는 일,

그것이 사랑이다.

상대가 원하는 것, 부족한 것을

알지 않고 무조건 준다고

그것이 사랑이라 할 수 없고

동정은 오히려 상대에게

상처가 될 수도 있기 때문이다.

사랑이란 때로 슬프고 고통스러운 것이기도 하다.
사랑을 통해서 세상을 알고 사랑을 경험하며 성장하는 것이다.

5

사랑하는 딸아.

사랑은 결코 감미로운 것이 아니다.
자기가 지닌 것을 지불하고
인생을 배우는 것이다.
사랑은 때로 슬프고
고통스러운 것이기도 하다.
사랑을 통해서 세상을 알고
사랑을 경험하며 성장하는 것이다.
그러나 어떤 이들은
사랑을 오직 기쁘고 아름다운 것으로만 생각해서
뜨겁게 시작했다가 그 상처로 인해
사랑은 할 것이 못된다고 말하기도 한단다.
그러나 사랑은
할 수밖에 없기에 하는 것이고
해야 되기에 하는 것이다.

6

네가 나무처럼 키를 키우는 동안
네가 호수처럼 꿈을 채우는 동안
사랑은 한 걸음씩 가까워져서
어느 날 문득 네 앞에 서리라.
그렇다고 두려워하거나 피할 것까지는 없다.
이제 너는 사랑을 알 만큼 자랐기 때문이다.

사랑하는 딸아.

사랑을 알게 됨으로서 인생의 의미를 알게 되고
참다운 삶이 무엇이라는 것도
사랑을 통해서 알 수 있게 되는 것이다.
삶이 도피가 아니듯 사랑 또한 그러하다.
사랑은 때로 고통스럽기도 하지만
그것은 한 영혼을 아름답게 하는 일이다.

7

인생이란 여행과도 같다.
이 여행에서 좋은 동반자를 만나면
행복한 인생을 살 수 있는 것이고
좋지 못한 동반자를 만나면
불행한 인생을 살게 되는 것이다.

"각자 자신의 길을 가되 피차간에
해로운 동반자가 되어서는 안 된다."라고
어느 시인이 이야기했다.

좋은 동반자로 서로 돕는 인생을
함께 살아가는 것이 사랑이다.
인생은 끝없는 미지의 세계를 찾아가는 여행이다.
혼자서는 두렵고 힘든 길이다.
그래서 동행이 필요하다.
기쁘게 내일을 이야기하며
힘이 들 때 즐거이 손을 내어주는 동반자,
자신의 몸처럼 사랑할 수 있는 사람이라면
그는 더없이 좋은 동반자이다.

8

[오드리헵번]이 딸에게 남긴 유언을 여기에 적는다.
아빠의 마음도 이와 다르지 않다.

"아름다운 입술을 갖고 있으면
친절한 말을 하라.
사랑스런 눈을 갖고 싶으면
사람들에게서 좋은 점을 보아라.
날씬한 몸매를 갖고 싶으면
너의 음식을 배고픈 사람과 나눠라.
아름다운 머리카락을 갖고 싶으면
하루에도 한번 어린이가 손가락으로
너의 머리를 쓰다듬게 하라.
아름다운 자세를 갖고 싶으면
너 혼자 걷고 있지 않음을 명상하며 걸어라.
사람들은 상처로부터 치유되어야하며
낡은 것으로부터 새로워져야하고
병으로부터 회복되어야하고
무지함으로부터 교화되어야하며
고통으로부터 구원받고 또 구원받아야한다.

결코 누구도 버려져서는 안 된다.

기억하라.

만약 도움을 주는 손이 필요하다면

너의 팔 끝에 있는 손을 이용하면 된다.

더 나이가 들면 손이 두 개라는 것을

발견하게 될 것이다.

한 손은 너 자신을 돕는 손이고

다른 한 손은 다른 사람을 돕는 손이다.

9

사람은 누구나 소망이 있기 때문에
고독한 것이다.
그리움이 있기 때문에 고독한 것이고
사랑하고 싶은 누군가가 있기 때문에
고독한 것이다.
때로 너희는 부모가 있어도
형제가 있어도, 친구가 있어도
혼자인 것처럼 고독할 때가 있으리라.
그렇다고 슬퍼만 할 것이 아니라
혼자서는 고독하기 때문에
함께 해야 하는 것이고
함께 하기 위해서는
무엇이 필요한 것인지,
그 무엇이 바로 사랑이라는 것을
배우기 바란다.

그리움이 있기 때문에 고독한 것이고
사랑하고 싶은 누군가가 있기 때문에 고독한 것이다.

10

아빠는 지하도 걸인에게 동전을 준다거나
자선냄비에 지폐를 넣는다거나
폐지수레를 끄는 노인을 뒤에서 밀어 준다거나
……
모든 행동이 사랑이라고 생각했다.
어쩌면 그것도 사랑일 수도 있겠다.
하지만 얼마 전 우리나라를 방문한
[프란치스코] 교황님은 이렇게 말했다.

"가끔 나는 사람들에게 '거지에게 동냥을 줘봤느냐?'고
물어봅니다.
그들이 '예' 하고 대답하면 나는 '당신은 동냥을 줄 때
그 사람의 눈을 바라 봤나요.
아니면 그들의 손이라도 잡아 주었나요?'라고 되묻습니다.
눈을 맞추고 손을 잡아야
그들과의 진정한 만남이 이루어지기 때문입니다.
많은 사람은 단지 돈만 던져주고 가버리거든요."

그저 책에서 배운 데로
남들이 하니까,
사랑이란 마음에서 우러난 진실함이어야 하고
받는 사람의 마음까지 헤아리는
그것이 사랑임을 새삼 배우게 된다.
하지만 갈수록 개인주의가 팽배해지고
사랑이 점점 메말라가는 세상에서
사랑을 닮은 표정이나 몸짓이라도
더 많았으면 좋겠다는 생각이 드는구나.

11

사랑하는 딸아.

사랑은 보이거나 만져지는 것이 아니어서
그 가치를 쉽게 평가하지 못한다.
그래서 사람들은
사랑을 가볍게 대하거나
함부로 대하기까지 하는구나
사실 그런 것은 사랑이라고 할 수 없는데
사람들은 자꾸만 사랑이라고 우기는구나.
어쩌면 사랑은 공기와 같은 것이어서
우리는 평소에는 그 소중함을 느끼지 못하지만
공기가 나쁘거나
숨을 쉴 수 없을 때
그 소중함을 깨닫는다.
그렇다고 사랑을 무겁게 대하거나
고귀한 자리에 두라는 말은 아니다.
그렇게 되면 사랑과 멀어지게 될 수 있기 때문이다.
사랑은 가슴으로 느끼고
사랑을 소중하고 진실 되게 대하는
그 마음이 무엇보다 중요하다.

... forever

12

"사랑한다는 것은 좋은 일이다.
그것은 사랑이 어려움을 통해 얻어지는 까닭이다.
사람이 사람을 사랑한다는 것,
이것은 어쩌면 우리에게 부과된 최고의 시련,
궁극의 것, 최후의 시험으로
그 밖의 모든 것은 다만 그것을 위한
준비에 불과한 것일 뿐이다."

[릴케]의 말이다.

사랑한다는 것은 각자에 있어서
하나의 세계를 확립하는 것,
다른 한 사람을 위해서 자기 자신이
한 세계가 되는 것이라고 할 수 있다.
어찌 사랑 없는 삶을 생각할 수 있겠느냐?
동물적인 사랑이 아닌
삶의 의미를 확인할 수 있는 사랑
보다 성숙한 자신으로 우뚝 서게 하는 사랑,

사랑하는 딸아.

사랑할 수 있는 것.
사랑해야할 것들이 있다면 열심히 사랑하거라.
그것은 또 하나의 세상을 발견하는 열쇠다.

다른 한 사람을 위해서 자기 자신이 한 세계가 되는 것이라고 할 수 있다.
어찌 사랑 없는 삶을 생각할 수 있겠느냐?

13

진실을 말하는 사람보다 거짓을 말하는
사람의 표정이나 목소리가 언제나 진지하다.
사랑도 이와 같다.
달콤한 말과 지나친 친절은
진실인가 한번쯤 생각해볼 일이다.
사랑은 미소 짓지 않아도 고백하지 않아도
자연스럽게 마음이 열리는
향기와 같은 것이기 때문이다.
화려한 유혹을 사랑이라고 믿는 사람들은
향기를 사랑하는 나비가 아니라
불빛을 향해 돌진하는 나방이 일 뿐이다.
여자가 거짓말은 잘 믿으면서
진실은 잘 믿지 않으려는 것은
허영 때문일 것이라고 말들 한다.

14

사랑을 하려고 하면 누구나 불안하기 마련이다.
그것은 우리가 사랑이라는 의미를
이성 간에 느끼는 감정만을 생각하기 때문이다.
하지만 우리가 어릴 때부터
부모 형제를 사랑하는 일,
친구를 사랑하는 일,
꽃과 강아지를 사랑하는 일을
느끼고 배웠다면 결코 이성간의 사랑도
다른 것이 아니란 걸 알게 되었을 터이다.
그런 가슴이 아닌 채로 누군가를 사귀고 연모한다면
당연히 두려움과 흥분으로 흔들릴 수밖에 없다.
그렇다고 사랑을 거부하거나
피할 수도 없지 않느냐.
마음을 숨기거나 꾸미려 하지 말고
가슴을 열어 정성을 다해
너의 사랑을 보여 주거라.

15

“인간에게 가장 소중한 것은 무엇이냐?
사랑이다.
인간의 가장 소중한 기쁨은 무엇이냐?
사랑하는 일이다.
우리에게 가장 소중한 사람은 누구냐?
이 순간 우리가 만나고 있는 사람이다.
과거는 이미 지나간 시간이어서 인간에게
벗어난 것이며 미래는 아직 오지 않은 시간이므로
신의 영역에 속하는 것이다.”

[톨스토이]의 말이다.

그렇다고 과거나 미래가
아무 의미가 없다는 말은 아닐 것이다.
사랑도 과거의 시간으로부터
현재를 거쳐 미래의 시간에 닿아
비로소 확인할 수 있는 것이기 때문이다.

다만 현재가 중요하다는 것은 과거나 미래도
현재의 순간순간들로 이루어지고
남겨지는 것이기 때문이다.

사랑하는 딸아.

너와 함께 살아가고 있는 생명들을
진실로 사랑할 수 있다면
지나간 과거의 시간은 더욱 아름답고
다가올 미래의 시간도 희망적일 수 있다.
그래서 네가 이 순간 만나는 누구든 무엇이든
가장 소중한 것일 수밖에 없다.

16

[에밀리 디킨스]는 '짧은 노래' 라는 시에서 이렇게 노래했다.

"한 가슴에 난 상처를 치료해 줄 수 있다면
난 헛되이 산 것이 아니리라.
한 인생의 아픔을 달래 줄 수 있다면
한 고통을 위로 할 수 있다면
기운을 잃은 개똥지빠귀 한 마리를
둥지에 데려다 줄 수 있다면
난 헛되이 산 것이 아니리라."

사랑이 크고 대단한 것이라고 생각이 들겠지만
따뜻한 말 한마디 해주는 것도 사랑이라면
크게 어렵지 않으리라.
사랑을 작은 것부터
가까운 곳에서부터 시작해라.

미련한 것은 사랑을 알아차리지 못하는 것이고
가장 슬픈 것은 사랑을 해보지 못하는 것이며
가장 불행한 것은 사랑을 이해하지 못하는 것이다.
라는 말이 있다.

17

저마다 울긋불긋 칠을 하고 어둠 얼마큼
아무렇지 않게 가지고 있는 사람들,
너는 마음까지 희기 때문에 아름답다.
그러나 그 아름다움이
언제까지 지속되어질 것인가.
진정한 여자의 아름다움이란
눈에 보여 지는 것이 아니라
가슴으로 느껴지는 것이어야 한다.
시간이 흘러도 변치 않는 것은
내면의 아름다움이다.
그것은 사랑의 지속에 의해서만 가능하다.
모든 이름 있는 것들을 사랑해라.
사랑이야말로
모든 것을 아름답게 만드는 방법이다.
사랑이야말로
가슴속에 어둠이 자리하지 못하는 수단임을,
가슴속의 어둠을 지우는 유일한 순수임을,
사랑이 많은 사람은 눈빛부터가 맑다.
그래서 가슴은 더욱 순결하다.

18

어느 것이 진실이고
어느 것이 거짓인지 알 수 없는 시대,
무엇이 소중하고 무엇이 소중하지 않는 것인지
알지 못하는 시대,
너를 지켜줄 수 있는 것은 오직 사랑뿐이다.
사방을 둘러보아도 닫혀 있는 것뿐이다.
무엇보다 가슴 아픈 건
사람들의 가슴이 닫혀 있다는 것이다.

사랑하는 딸아.

너는 열려 있어야 한다.
많은 것이 가슴을 통해서 만들어지고
사랑을 통해서 이루어진다.
가슴을 열어두면 때로 미움이나 분노 같은 것이
함께 들어올 때도 있으리라.
그러나 그것들은
사랑 안에서는 살지 못하는 것이다.
네 마음을 조금도 흔들지 못하고
돌아서는 것들로 인해
너는 한층 아름답게 성장하리라.

19

겨울의 숨죽인 생명들이
어떻게 봄에 닿을까.
우리가 눈 감은 사이
웅크린 채 잠든 사이
아주 조금씩 다가간 것일까.
기다리지 않고 다가간다는 것
그건 그리움 때문이리라.
그리움이 없는 삶이란
봄 없는 겨울 같은 것.
우리는 이별하면 절망하고
다가와 주기만을 기다리지만,
봄은 와 주는 것이 아니라
겨울이 가슴을 열고
봄에 다가가는 것이다.
봄이 있기에 겨울을 견딜 수 있고
봄이 있기에 사랑할 수 있는 것이다.

사랑하는 딸아.

너는 겨울의 가슴으로 기다리지 말고
봄에 다가가는 삶을 살아라.
그러면 너의 시간은
언제나 봄처럼 싱그럽고 따뜻하리라.

20

“사랑은 생각하는 것이 아니고
사랑은 가꾸고 키우는 것도 아니고
연습을 통해 배워지는 것도 아니다.
사랑은 양적인 것이 아니라 질적인 개념이다.
하나를 사랑할 줄 알게 되면
전체를 사랑할 줄 알게 된다.
사랑을 하게 되면 하나도 다수도 존재하지 않고
오직 사랑이 있을 따름이다.”

[크리슈나무르티]가 한 이야기다.

사랑에는 이익이나 손해 같은 계산이 존재하지 않고
오직 헌신만이 존재한다.
사랑에는 과거나 미래 같은 시간이 존재하지 않고
오직 현재만이 존재한다.

사랑하는 딸아.

네가 친구를 사랑하는데
친구가 너를 사랑해주지 않는다고
마음 아파해서는 안 된다.

사랑은 준 것만큼 받으려 해서도 안 되고
그렇다고 너의 사랑이 줄어드는 것도 아니다.
그럴 때는 다시 한 번 네가 생각하는 사랑이
옳은지 돌아보기 바란다.

21

사랑은 넘치지도 모자라지도 않아야 한다.
지하철 안이나 백화점 안을
운동장처럼 뛰어다니는 아이들,
식당의자에 신발을 신고
올라가는 아이를 '기죽을까봐, 라는 이유로
야단치거나 가르치려하지 않는 부모들,
이다음 사회생활을 할 만큼 자랐을 때
예쁜 치장보다 넘치는 사랑보다
질서와 남을 생각하는 마음을 가르치는 것이
참으로 중요한 일일 텐 데 말이다.
때로 사랑을 넘치게 주었다고 생각될 때
조금은 절제할 줄도 알고
때로 사랑이 모자란다 생각될 때
더 많이 베풀 줄도 알아야 한다.
사랑은 많을수록 좋지만
사랑을 줌으로 그가 또 다른 이들을
사랑할 수 있는 사람이 되도록 해야 한다.

사랑을 주는 사람이나 받는 사람이나
생각해야할 것은
사랑 때문에 과격해지거나
사랑 때문에 나약해지는 일을
경계하는 일이다.

22

사랑하는 딸아.

네가 아직 젊었을 때
사랑을 이해하기 시작하지 못한다면
너는 내적으로 아름답게 성장하지 못해서
비록 돈이 있고, 값비싼 차를 타고,
지위가 높다하더라도 값싼 인생을 살 수밖에 없다.
사랑이 왜 필요한 것인가를
스스로 발견하지 못하고 살아 간다면
가슴 아픈 일이 아니겠느냐.
나이를 먹어감에 따라
사람들이 사랑이라고 일컫는 것은
소유물이나 사고파는 물건 같은 것뿐이다.
사랑은
어느 누구의 소유물이거나
흥정의 대상이 될 수 없다.
사랑이란
우리가 숨 쉬는 공기처럼 그저 얻는 것이지만
돈으로 살 수 없는 귀하고 꼭 필요한 것이다.

사랑은

저마다의 가슴에 자리한 그릇의 크기만큼

크게 혹은 작게 담겨진다.

사랑은

주어도 주어도

어느새 가득 차 있는 것이다.

하지만 순간의 만남이 영원이 되고
한 방울 물이 바다가 됨을 잊어서는 안 된다.

23

사랑하는 딸아.

사람들은 사랑을 이야기하면서
목숨 같은 사랑, 바다 같은 사랑,
무거운 사랑만을
사랑이라 하는구나.
뜨겁고 큰사랑만을
사랑의 모든 것인 냥 말하는구나.
물론 그런 사랑이면 더없이 좋고
사랑의 궁극적인 이름일 수 있다.
하지만 순간의 만남이 영원이 되고
한 방울 물이 바다가 됨을 잊어서는 안 된다.
크고 강한 사랑을 찾기보다
먼저 네 가까이에서
작고 소중한 이름들을 사랑하거라.
사랑은 멀리 있지 않고
사랑은 결코 화려한 것이 아니다.
사랑을 너무 크거나 높은 것으로
마음에 두게 되면
생의 끝에서 한 세상을 사랑 없이 살았노라
한탄할 수밖에 없게 된다.

24

사랑하는 딸아.

[크리슈나무르티]의 글 중에 참 좋은 말이 있어
여기에 적는다.

"참된 사랑이란 인위적으로 만들어 낼 수가 없다.
너는 그것을 느껴야만 한다.
어렸을 때 방들을 정돈하는 일을 돕는다거나
자기 손으로 심은 나무를 가꾸거나
병든 친구를 문병하러 찾아가는 염려의 마음,
너로 하여금 적으나마 네가 가지고 있는 것이라면
무엇이라도 누구하고 나누고 싶은 마음을 가지게
만드는 참된 너그러움 같은 오묘한 감정을 키우는
일은 아주 중요하다.
만일 젊었을 때
네가 이런 사랑과, 너그러움과,
친절함과, 부드러움 같은
감정을 지니고 있지 못하다면
나이가 들어서 그 감정을 터득하기란
아주 어려운 일이다.

만일 네가 심어놓은 나무와

쓰다듬어주는 길 잃은 동물을 사랑하게 된다면

너는 성장하는 사이에

작은 방 안에 그냥 남아 있지 않고

그 방을 나와 삶 전체를 사랑하게 될 것이다."

무엇이라도 누구하고 나누고 싶은 마음을 가지게
만드는 참된 너그러움 같은 오묘한 감정을 키우는 일은 아주 중요하다.

25

사랑, 아름다운 말이다.
첫사랑, 가슴 설레는 황홀한 말이다.
누구의 가슴속에나 한 송이 꽃으로 남을
이름임에 틀림없다.
아무런 말없이 걸어도
서로의 감정의 파고를 느낄 수 있고
맞잡은 손만으로도
가슴의 온기를 느낄 수 있고
어쩌다 마주친 눈빛만으로도
마음을 주고받을 수 있는
그런 것이 사랑이다.
사랑은 바람같이 물같이 아지랑이같이
자연스레 밀려오는 설레임이다.
사랑을 만들려 거나 흥정하려해서는 안 된다.
그렇게 되면 결국
사랑이라는 말에 메이고
사랑이라는 약속에 갇히고
사랑이라는 아름다운 말을
부끄럽게 하는 일이다.

26

"사랑의 정의는 남을 위한 사랑과 더불어 자신에 대한 사랑을 포함하고 있다.
그래서 자신을 사랑하지 못하면 남을 사랑할 수도 없다.
참된 사랑이란 자신이 어떤 사람을 위해서 한 발자국 더 나아가야 한다는 사실을 의미한다."

[스캇 팩] 박사의 글 중에 나오는 말이다.

자신의 가장 소중한 것을
기꺼이 내어놓는 마음이 아니고서는
남을 사랑한다할 수 없다.
그러나 많은 사람들은
자신의 것을 먼저 가지고 난 후
남는 것으로 남을 사랑하려고 한다.
또 더러는 사랑을 동정으로 생각하는 사람도 있다.
사랑이란 상대를 아래에 두는 마음으로는
결코 사랑이라 할 수 없다.
자신을 낮추고 상대를 높이는 마음만이
진실로 남을 사랑하고 자신을 사랑하는
사람이라 할 수 있다.

27

세상에서 제일 중요한 것이
무엇이라고 생각하느냐는 질문에
과테말라의 가난한 가구공인 [레히니네]씨는
망설임 없이 이렇게 말했다.

"내 아내와 내 아이들이지요.
별로 차린 것은 없지만 온 가족이 같은 식탁에 앉아
웃으면서 식사하는 것, 그리고 한 지붕 밑에서
평화롭게 잠드는 것이지요."

사랑하는 딸아.

이 평범하지만 아름다운 대답에 가슴이 찡해져
눈물이 날것만 같은 것은 왜일까.
아마 그것은 가난해도
사랑이 있기 때문일 것이다.
행복이란 물질의 풍요함에 있는 것이 아니다.
그러나 세상 사람들은 물질이 행복의 모든 것인 냥
더 많은 부를 쌓기 위해 숨차게 시간을 좇는구나.

물질 때문에 가족과 이웃과의 소중한 믿음을 잃기보다
조금은 부족해도 서로 위하고 나누며
희망을 잃지 않고 사는 것이
진실로 행복한 삶을 사는 일이 아니겠느냐.

28

사랑을 기분 좋게 만나는 것이라 하고
결혼을 기분 좋게 묶이는 것이라고 한다.
사랑하기 때문에 결혼해야 한다는 것은
다시 한 번 생각해볼 필요가 있다.
남녀 간의 사랑에서 상대를 아니 서로를 진실 되게
사랑한다면 자연스럽게 결혼으로
이어질 수도 있는 일이기는 하다.
그러나 사랑에는 감정이 많이 좌우하지만
결혼에는 현실이 많이 좌우한다는 차이가 있다.
결혼은 책임이 따르는 일이다.
신뢰와 책임이 없는 결혼은 진실한 사랑이라
할 수 없기 때문이다.
사랑하는 일은 네 스스로 시작할 수 있겠지만
결혼하는 일은 서로를 귀하게 여기는 마음과
미래에 대한 꿈과 어려움을 함께 할 수 있는 마음과
너를 이만큼 키워주고 사랑한 가족과 친구들도
한 번쯤 생각해서 결정해야할 일이다.

29

사랑하는 딸아.

사랑은 받은 것보다 더 많이 돌려주는 것이다.
이제 사랑을 알 만큼 자랐으면
스스로 사랑을 꽃 피워
꽃 한 송이씩 나누어주는 일이다.
꽃 하나가 꽃을 피우고
또 꽃을 피워서
세상 가득 꽃밭이기를 갈망해야 한다.
길을 나서면 사람들은 저마다 오락을 하고
술을 마시고, 선물을 사고
하하 호호 즐거워 하지만
눈빛이나 가슴은 많이 쓸쓸하고
외로워 보이는구나.
지하도 걸인 앞에 놓인 빈 깡통
추운 날씨에 허공을 맴도는 자선냄비의 종소리
그리고 그 앞을 웅크린 채
총총히 길을 가는 사람들.
더 많은 사랑이 필요한 세상이다.

30

요즈음 사람들은
'사랑해' 라는 말을 너무 쉽게 하지만
원래 '사랑하다' 는 말은 '생각하다' 는 의미였다.
누군가를 생각하고 또 생각하는 것,
그것이 쌓여 그리움이 되는 것,
그것이 바로 사랑이다.
사랑이란
한 사람이 다른 사람에게 느끼는
특별한 재발견이다.
사랑에 빠진 순간 이 세상의 모든 것은
자신을 위해 빛을 발하고,
사랑이 끝났을 땐 세상이 자신을 버린 듯
빛을 잃어버린다.
한자로 사랑 애(愛)자는,
받을 수(受)자에 마음 심(心) 자를 합친 말이다.
마음을 주고받는 일이 바로 사랑이라는 의미다.

사랑하는 딸아.

'사랑하다' 와 '생각하다' 의 의미가 같다는 말은
사랑을 가볍게 생각하지 말고
깊게 진지하게 생각해야 한다는 뜻이다.
얼마나 많은 사람이
삶에서 가장 필요하고 소중한 사랑을
단순히 오락게임이나 일회용품 정도로
생각하고 있는지…
그래서 이별도 밥 먹듯이 하고
이혼이 결혼의 절반이나 되는 나라가 되고 말았구나.

31

"누군가를 사랑한다는 것은 그 사람이 살게끔 하는 것이다."

[공자]의 말이다.

사랑이란 참 묘한 힘을 가졌다.
사랑을 받는 사람도
사랑을 주는 사람도 행복해지니까 말이다.
제대로 보려면 마음으로 봐야한다고 한다.
가장 중요한 것은 눈에 보이지 않는다고 했다.
사랑이 그렇다.
사랑은 눈에 보이지 않기 때문에
사람들은 매순간 사랑에 매달이지만,
상처받거나 절망하곤 한다.
그래도 쉽게 포기하지 못하는 것은
사랑엔 살게 하는 힘이 있기 때문이다.
사랑은 소유가 아니라 그대로를 인정해 주는 것이다.
구속과 소유에 집착하면
사랑은 점점 더 멀어질 뿐
결국엔 자신만 외로워진다.

사랑은 눈에 보이지 않기 때문에 사람들은 매순간 사랑에 매달이지만,
상처받거나 절망하곤 한다.

32

"사랑하다'와 '살다'라는 동사는
어원을 좇아 올라가면
결국 같은 말에서 유래한다고 한다.
영어에서도
'살다live'와 '사랑하다love'는
철자 하나 차이일 뿐이다.
살아가는 일은 어쩌면
사랑하는 일의 연속일 지도 모른다.
신을 사랑하고, 인간을 사랑하고,
나라를 사랑하고,
장미, 괴테, 모차르트, 커피를 사랑하고…
우리들은 사랑하기 때문에
끝없이 아파하고 눈물을 흘리기 일쑤지만
살아가는 일에서 사랑하는 일을 뺀다면
삶은 허망한 그림자 쇼에 불과할 것이다."

[장영희]님의 '내생에 단 한번'에 있는 글이다.

사랑하는 딸아.

살아가는 일에서 사랑이 없다면
그것이 진정으로 사는 것일까?
단순히 먹고살기 위해, 즐거움을 위해
소중한 시간을 낭비한다면
인간이 아닌 동물과 다를 것이 무엇이겠느냐.
사랑이 때로 아프고
슬픔을 주는 것이기는 하지만
사랑의 가치가 그보다 귀한 것이기에
우리는 사랑을 포기할 수도
사랑 없이 살아갈 수도 없다.

사랑은 말로 하는 것이 아니라 마음을 다해 행동으로 보여주는 것이라는데…

33

[김연수]작가는 사랑이란 뭔가? 라는 질문에

“그건 그 사람에 대해서 남들보다 더 많이 아는 것,
그래서 그 사람을 자기처럼 사랑하는 것,
즉 그 사람의 눈으로 이 세상을 바라보는 일이다.”라고 했다.

그렇다. 어쩌면 사랑에 ‘일심동체’ 라는 뜻이 꼭 들어맞는
말인지도 모르겠다.
사랑하는 사람은 서로 마주 보는 것, 함께 한 곳을 보는 것 등
여러 말이 있다.
그 말들보다는 사랑은 두 사람이 하나 되는 것이라는 표현이
더 적절할 것이다.
모난 돌이 깎여 둥글어지듯 사랑은 다른 두 사람이 만나
둥글게 하나로 되는 일이다.
그리고 상대가 변했다, 마음을 몰라준다, 고 말하기에 앞서
상대를 얼마만큼 알고 있나, 하나 되기 위해 얼마만큼 노력했나,
생각하는 편이 더 옳을 것이다.
사랑은 둘이 아니라 하나고 상대가 바로 자기 자신이기 때문이다.

34

“사랑과 평화가 한 가슴속에 공존할 수 있는가?
청춘이 행복하지 만은 않은 것은
이 끔찍한 선택을 해야 하기 때문이다.
평화 없는 사랑, 사랑 없는 평화 중 하나를 택해야 한다.
사랑 없는 평화보다는
평화가 없어도 사랑 있는 삶을 선택하기를…”

[바우마세이]의 말이다.

대부분의 사람들은 남녀 간에 사랑을 하면
마음속엔 평화가 오고 행복해질 거라고 생각한다.
처음 사랑을 하게 되면 새로운 시도에 대한 두려움과
서로의 다름으로 인한 혼란스러움에 직면하게 된다.
그리고 자신이 생각한 사랑과 어긋날 때는
상처를 받게 되고 사랑을 불신하게 된다.
사랑은 선택이기보다 필수다.
사랑은 성숙한 삶을 눈 뜨게 하는 통과의례 같은 것이다.
그래서 사랑 있는 삶을 선택하라고 하는지도 모른다.
사랑 없는 평화보다는
평화 없는 사랑이 더 옳은 선택이기 때문이다.

35

사랑하는 딸아.

사랑에 관해서 아빠가 너무 많은 말을
하고 있는 것은 아닌지 모르겠다.
사랑은 말로 하는 것이 아니라 마음을 다해
행동으로 보여주는 것이라는데…
어느 시인의 '사랑'이라는 시를 옮겨 보았다.
눈으로 읽고 가슴에 담아 두어라.

"산은 왜 저렇게 높은가
강을 굽어보기 위해서 지.

구름은 왜 저렇게 떠도는가
꽃의 마음을 몰라서 그러지.

사랑은 왜 이렇게 괴로운가
괴로움만 남기고
다 주어 버렸기 때문이지."

우정이란
연인들의 사랑처럼
때로 뜨겁기도 하고
식기도 하는 것이 아니라
부모님의 사랑처럼
한결같은 것이지.

인생을 살아가는데 있어
참된 친구 세 명만 있다면
부러울 것이 없다 했는데
너는 몇 명의 친구를 가졌니?

우정이란
기다리는 것이 아니라
네가 먼저 다가가는 것이지.

제2부

우정에 관하여

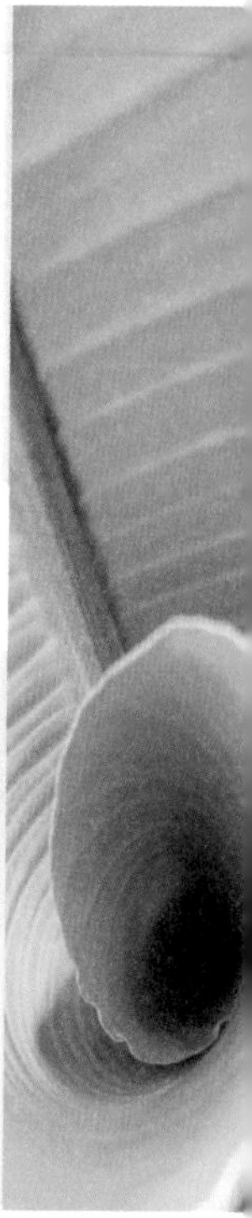

1

우정이란
친구에게 네가 다가가는 것이 먼저이지만
친구가 너를 좋아할 수 있도록 하는 것도 중요하다.

"꽃이 꿀을 품고 있으면 소리쳐 부르지 않더라도
벌 나비들이 저절로 찾아오게 마련이다."

네 마음속에 향기나 꿀 같은 사랑이 가득하지 않으면
네가 친구에게 한 걸음 다가서도
친구는 두 걸음 멀어 질 수 있기 때문이다.
참된 우정이란 자신과 상대를 가까이 묶는 향기와
상대의 마음을 기쁘고 유익하게 해주는
꿀이 있기 때문일 것이다.

사랑하는 딸아.

진실로 네가 좋아하는 친구를 만나기 위해서는
너는 나비가 되어야하고 꽃이 되어야 한다.

2

친구는 자신의 인격을 비추는 거울과 같다.
쉽게 뜨거워지지 않고
쉽게 식지 않는 우정이야말로
진정한 우정이라 할 수 있다.
자기보다 못한 사람을 경멸해서도 안 되지만
자기보다 나은 사람들과 교제하도록 노력해야
발전할 수 있다.
진정한 친구란 칭찬만을 하지 않는다.
결점까지 칭찬하는 사람은 진정한 친구가 아니다.

[명심보감] '정기' 편에

"나를 착하다 말하는 사람은 나를 해하는 자요
나를 나쁘다 말하는 사람은 나의 스승이다."
라는 말이 있다.

3

누가 너를 비난한다면 그 비난에
귀를 기울여야 한다.
비난을 듣고 자신의 잘못을 고친다면
너는 한 사람의 스승을 얻는 셈이 된다.
그러나 지금 너는 충고를 듣기 좋아하지 않는구나.
어른들의 말이나 부모의 말을
세대차이라고 일축해버리는구나.
듣기 좋은 말이나 유혹의 소리에
귀를 기울이고 몸과 마음을 주는구나.

사랑하는 딸아.

삶에 유익한 말이 때로 마음을 상하게도 한단다.
네가 아직은 몸과 마음이 성숙하지 않은 만큼
지금은 귀를 열고 가슴을 열어 비난과 충고를
기쁘게 받아들여야할 시간이다.

4

한 학생이 [아인슈타인]에게 질문했다.
"선생님 상대성 원리에 대해서 설명해 주십시오."
아인슈타인이 그 학생에게 말했다.

"상대성 원리란 어려운 말이 아니다.
어떤 두 사람이 있다고 하자. 그러나 어떤 사람은
3분을 함께 있어도 3년처럼 길게 느껴지는 사람이 있는 반면
어떤 사람은 3년을 함께 있어도 3분처럼
짧게 느껴지는 사람이 있다.
그것이 상대성 원리다."

사랑하는 딸아.

우정도 이와 같다.
오래도록 함께 있어도 헤어지기 섭섭하고
서로에게 유익함을 주는 친구가 좋은 친구이다.
우정이란 언제나 샘솟듯 싱그러운 만남이다.
우정이란 영원히 변치 않는 보석과 같은 것이다.

5

숲은 큰 나무만 있는 게 아니다.

키 작은 나무, 들꽃, 고사리까지 함께 어울려 있다.

친구도 그렇다

친구 중엔 키 큰 친구, 키 작은 친구

운동 잘하는 친구, 노래 잘하는 친구

여러 친구가 있을 것이다.

어떤 한 친구만 좋아하고 사귀면

결국 외롭고 추운 나무로 남을 수밖에 없다.

두루 친구들을 사귀고

격려와 위로를 통해 우정을 돈독히 하면

너는 분명 성숙한 삶으로 성장할 것이다.

우정은 혼자만으론 불가능하다.

상대가 필요하고 함께하는 사회,

살맛나는 세상을 위한 필요조건이다.

멀리서보면 숲은 숲의 이름으로 자리해서

우리의 마음까지 푸근하고 맑게 해준다.

6

사랑하는 딸아.

친구를 사귐에 있어 대화란 참으로 중요하다.
친구란 상대가 있다는 것이고 대화를 통해서
상대에게 마음을 전해야 하기 때문이다.
되도록 자신의 이야기는 삼가는 것이 좋다.
잘못하면 자기 자랑이 되기 쉽기 때문이다.
상대의 이야기를 들어주는 마음,
그것이 상대로 하여금
너를 좋아하게 하는 일이다.
학교에서 친구를 사귈 때 대다수 마음 맞는 친구와
끼리끼리 사귀게 된다.
마음 맞는 친구가 있다는 것은
싫어하는 친구가 있다는 뜻이기도 하다.
그럴 때 친구를 흉보거나 미워하게 된다.
진실로 친구를 사귐은 그런 마음이 아니다.
친구란 어려움을 도와주고 모자람을 채워주는
그런 사이가 되는 것이다.
편견 없는 진실 된 마음으로
자신은 낮추고 상대를

높이는 마음이어야 한다.

친구를 사귐에 있어 실패하는 이유는

자존심 때문에

남을 칭찬하는데 인색하기 때문이다.

7

좋은 친구를 가진다는 것은
너의 인생에 값진 재산이다.
좋은 친구를 만난다는 것은
한 사람의 훌륭한 스승을 만나는 일이기도 하다.
재물이나 지위는 때로 변하기도 하지만
우정은 오래도록 변치 않는 것이다.
그래서 더 많은 부를 위해 땀 흘리기보다
더 높은 지위를 위해 남을 딛고 오르기보다
좋은 친구를 얻기 위해
너는 노력해야 하리라.
그것은 너의 삶을
가치 있고 풍요롭게 하기 때문이다.
좋은 친구를 사귀기 위해서는
네가 먼저 친구가 되어주는 일이다.
그리고 언제나 사랑할 줄 아는 마음이
진정한 우정을 지속시킨다.

8

사랑하는 딸아.

너는 어떤 일로 마음 아파하는 친구를 본 일이 있니?
너는 어떤 어려움으로 풀이 죽어 있는 친구를 만난 적이 있니?
친구의 아픔을 나눠 가지는 마음
자신의 기쁨을 나눠주는 마음
그것이 우정을 아름답게 하는 일이다.
삶을 향기롭게 가꾸는 일이다.
누구에게나 아픔은 있는 것
누구나 그 아픔을 씻어줄 친구가 필요한 것.
아픔을 경험해보지 않은 사람은
다른 사람의 아픔을 알지 못한다고 한다.
너 자신의 생각으로 상대를 대하기보다
상대의 마음이 되어 이해하도록 하여라.
친구를 위하는 고운 마음은 너의 가슴에 예쁘고
건강한 꽃을 피우게 하고 너로 하여금
꽃 가득한 세상을 가꾸는 사람이 되게 하리라.

9

우정이란 친구가 있음으로 의미가 있다.
그러나 친구가 있다고 해서 다 우정이란 말을
쓸 수 있는 것은 아니다.
어떤 친구냐에 따라 우정의 뜻도 달라진다.
어려움을 함께 하고 꿈을 이야기하고 서로에게
스승이 될 수 있는 친구라면 우정이라는 말을
쓸 수 있다.
그러나 우정이니 의리니 하며
친구를 잘못된 길로 이끌거나
친구의 잘못됨을 방관하는 친구는
우정이란 말을 쓸 수 없다.
우정이란 말속에는 친구를 사랑하는 마음,
친구가 잘되기를 바라는 마음이
담겨 있기 때문이다.
한 겨울 홀로 밤을 지새울 때
곁에 있었으면 하고 생각나는 친구,
꽃향기 가득한 봄날에
들로 산으로 함께 소풍을 떠나고 싶은 친구,
네가 많이 보고 싶고
생각만 해도 가슴이 따뜻해지는
친구라면 그 우정은 믿어도 좋으리라.

10

[노자]의 '도덕경' 에 있는 글이다.

"남을 아는 사람은 슬기로운 자이지만
자신은 아는 사람은 더욱 슬기로운 자이다.
남을 이기는 사람은 힘이 있는 자 이지만
자신을 이기는 사람은 더욱 강한 자이다."

우리가 학교에서 배우는 공부나
삶에서 배우는 것들은 지식을 쌓고
지혜를 배우는 일이기도 하지만
자신을 알고 자신을 이기는 배움이기도 하다.
사람들은 학교나 사회에서 배우고 익히는 일을
남과의 경쟁에서 이기기 위한 것으로만
생각들을 하고 있다.
그러나 자기 자신을 먼저 이기지 않고는
진정한 승리자가 되지 못할뿐더러
언젠가는 스스로 제 운명에
발이 걸려 넘어지고 만다.

친구를 네가 먼저 사랑하면
친구도 너에게 마음을 열고 너의 말에 귀를 기울이게 된다.

11

사랑하는 딸아.

친구를 네가 먼저 사랑하면 친구도 너에게
마음을 열고 너의 말에 귀를 기울이게 된다.
친구를 미워하는 마음으로 대하면
친구도 너를 멀리하게 된다.
인간은 물론 개나 고양이도
자기를 좋아하는 사람을 따르게 마련이다.
그러나 좋지 않은 것을 보고도 입을 닫거나
좋다고 하는 것은 자신을 속이는 일이며
진실로 친구를 사랑하는 마음이 아니다.
친구의 기쁨을 진심으로 축하해주고
좋은 친구라 생각되거든
마음을 다해 사랑하거라.

12

아빠가 읽고 반성한 [메리 보탐 호위트]가 쓴 참 좋은 시가 있어 여기에 적는다.

신이 아이들을 보내는 이유.

신이 우리에게 아이들을 보내는 까닭은
시합에서 일등을 만들라고 보내는 것이 아니다.

우리의 마음을 더 열게 하고
우리를 덜 이기적이게 하고
더 많은 친절과 사랑으로
우리의 존재를 채우기 위해서다.
우리 영혼에게 더 높은 목적을 일깨우기 위해서다.

신이 우리에게 아이들을 보내는 까닭은
신이 아직 포기하지 않았다는 뜻이다.
여전히 우리에게 희망을 걸고 있다는 뜻이다.

13

바람이 불어 나뭇가지를 흔들어도
잎은 떨어지지 않는다.
떨어지지 않으려 서로 손을
꼭 잡고 있기 때문이다.
바람이 멈추면 나뭇가지는
언제 그랬냐는 듯 미동도 없다.
그때 툭하고 나뭇잎이 떨어진다.
떨어지지 않으려 너무 힘껏 잡아
팔에 힘이 빠져서일까.
아니면 긴장이 풀려서일까.
바람은 제 책임이 아니라는 듯
저만큼 멀리 가버리고
떨어뜨린 나무도
떨어진 잎도 한동안
슬픈 얼굴로 서로를 바라본다.
나뭇잎은 나무 아래로 가서
거름이 되기로 했다.
나무를 더 높이 튼튼하게
자라게 해주고 싶었기 때문이다.

14

진정으로 고독한 사람만이 벗을 가질 수 있다.
밤하늘의 빛나는 별과
이야기를 나눌 수 있는 것도,
달빛에 젖은 나뭇잎과 속삭일 수 있는 것도,
고요한 밤에 그리움의 마음을 전할 수 있는 것도,
고독이 너의 입을 열게 하고
너의 귀를 듣게 하고
너의 눈을 빛나게 하였기 때문이다.
혼자 있어 고독한 것이 아니다.
눈을 들어보면 하나같이
너와 이야기를 나누고 싶어 하는구나.
네가 손짓해 부르면
저리들 좋아 달려오는구나.

15

진정한 우정을 경험하지 못한 사람은
결코 행복한 사람이라 할 수 없다.
인간의 고독은 원초적이기도 하지만 제한된
인간관계와 우정의 부족에서
오는 것이기 때문이다.
친구를 사귄다는 것은
마치 생명을 키우는 일처럼 정성이 필요하다.
우정을 말하는 다음과 같은 고사를 보더라도
우정은 어떠해야 하는가를 알 수 있다.

"우정이란 한 친구가 죽고 한 친구가 살았을 때
그 우정의 깊이를 알 수 있다.
우정이란 한 친구가 가난하고 한 친구가 부자가 되었을 때
우정의 진실을 알 수 있다.
우정이란 한 친구의 신분이 높고 한 친구의 신분이 낮았을 때
비로소 우정의 진위를 알 수 있다."

우정은 진실함으로 맺어져야하며
시간과 환경에 변함이 없어야 한다.

마음을 다하고 그 결과를 기쁘게 받아들일 수 있는 사람이야말로
진실로 우정과 사랑을 누릴 자격이 있는 사람이다.

16

이성간의 우정이 존재할 수 있느냐의 물음에
누구는 우정은 애정으로 변하게 되는 과도기적
감정일 뿐이라고 하고
누구는 서로 인격체로 존중하면
영원한 우정도 가능하다고 한다.
그러나 생각하면 끝까지 우정이 우정으로 남는다거나
우정이 애정으로 변한다거나 그런 것은
그다지 중요한 것이 아니다.
어떤 것이든
진실할 수 있느냐가 중요하기 때문이다.
처음부터 어떻게 될 것을 두려워하거나
어떻게 될 것이라
마음을 정하는 일은 옳지 않다.
마음을 다하고
그 결과를 기쁘게 받아들일 수 있는 사람이야말로
진실로 우정과 사랑을 누릴 자격이 있는 사람이다.
네가 삶을 살아가는데 있어
우정은 함께 가는 것으로 좋고
사랑은 하나 되어서 좋은 것이다.

17

함께 하는 사람을 닮아 가는 것이 인간이다.
부부도 오래 함께 살면
입맛, 성격, 얼굴 모습까지 닮는다고 한다.
좋은 친구와 함께 하면
삶은 더욱 성장할 수 있고
나쁜 친구와 함께 하면
삶은 더욱 퇴보하게 된다.
그래서 오래도록 변치 않고 함께 할 수 있는
친구가 필요한 것이다.

사랑하는 딸아.

친구를 사귈 때
집이 부자고 공부도 잘하고 얼굴이 예쁜 친구를
사귀고 싶어 하는 마음은 누구에게나 있다.
그러나 그런 친구보다는 눈이 맑고 잘 웃고
마음이 따뜻한 친구를 사귀는 것이 좋다.
그리고 너와 취미가 같은 친구를 사귀는 것은
더욱 좋은 일이다.

그런 친구와 함께 할 때 너도 친구의 좋은 마음을
닮을 수 있고 같이 좋아하는 취미로 함께 발전하며
오래도록 변함없는 우정을 지속시킬 수가 있다.

18

홀로 세상 길 가는데
의지할 수 있는 사람 있다는 것은
얼마나 행복한 일인가.
가도 가도 끝이 없는 길
발에 차이는 돌부리
흙먼지 풀썩이고
어느새 뉘엿뉘엿 석양이구나.
친구야.
저기 저녁연기 피어오르는
목로집에 들러
목을 축이고
지친 발걸음을 쉬자꾸나.
네가 없다면
내가 없다면
우리 이 멀고 험한 길을
어찌 갈 수 있을 것이냐.
네가 있어
내가 있어
그래도 기쁘게 갈 수 있구나.

19

친구가 찾아오면 반갑게 문 열어 맞고
친구가 먼 길 떠나면 기꺼이 동행이
되어 주거라.
서로 부축하고 서로 위로하며
삶의 소중함에 대해 이야기 나누노라면
어둡고 먼 길도 기쁘게 닿을 수 있으리라.
우리가 살아가는 삶의 길도
홀로 간다면 슬프고 외롭고 두려운
길일 수밖에 없다.
지치고 힘든 여행길에서는 꽃과 나비도
큰 위안이 되지 못한다.
부모 형제도 큰 힘이 되지 못한다.
함께 걷는 동행의 친구만이 때로 독려하고
때로 경쟁하며 함께 높은 산도 깊은 바다도
능히 오르고 건널 수 있으리라.

20

친구가 멀리 있어도 함께 있는 듯 하다면
그것은 참으로 깊은 우정이라 할 수 있다.
우리는 멀리 떨어져 있어도 전화로 컴퓨터로
안부를 묻고 대화를 나눌 수가 있다.
그러나 우정이 깊지 않은 사이라면
한동안 혼란스러움과 공허함만 남을 뿐이다.
내가 지금 어떤 일을 시작하려는데
친구가 곁에 있다면 무슨 말을 해줄까.
내가 지금 괴로운 일이 있는데
친구가 곁에 있다면 얼마나 위안이 될까.
곁에 없어도 늘 생각나는 친구라면
너는 좋은 친구를 가졌다할 수 있다.
멀리 있는 친구도 생각하면
가슴이 따뜻해지는데
지금 네 곁에 친구가 있다면
너는 얼마나 행복한 사람이냐.

21

너도 읽었는지 모르겠다.
친구를 대신해서 잡혀 있으면서 죽음의 순간까지
친구가 돌아올 것이라고 믿은 친구와 친구가
자기 대신 죽음을 당하지 않게 하기 위해 어려움을
무릅쓰고 돌아온 두 사람의 우정에 감동하여
왕도 죄를 용서해 주었다는 이야기 말이다.
이 이야기처럼 친구를 위해 죽음을 대신할 수 있는
우정은 아니더라도
친구의 어려움을 함께 할 수 있는
우정이어야 한다.
우리는 친구의 기쁨은
즐겁게 축하해주지만 친구의
슬픔을 위로하는 일은 주저하곤 한다.
친구의 불행을 덜어주기 위해
자신의 행복을 나눠주는 마음,
그런 마음이
가장 고귀하고 아름다운 우정이라 할 수 있다.
우정이란
상대가 변하기를 바라기에 앞서
내가 먼저 변화되는 것이다.

우정이란 어느 한 사람을 위한 것이 아니라
함께 살아가는 일이기 때문이다.
나무를 가꾸듯 우정을 가꾸어야 한다.

22

친구와 함께 여행을 떠나거라.
다리가 아프고 허기가 질 때면
너는 우정이 왜 필요한 것인가를
알게 될 것이다.
길 위에서 어둠을 맞는다면 너는 진실로
너 혼자가 아닌 한사람의 친구가 소중하다는
것을 깨닫게 될 것이다.
친구에게 줄 수 있는 최선의 것은 무엇보다
그의 친구가 되어주는 것이다.
우정이란 친구에게 네가 필요한 것처럼
너에게도 친구가 필요한 것이다.
우정이란 어느 한 사람을 위한 것이 아니라
함께 살아가는 일이기 때문이다.
나무를 가꾸듯 우정을 가꾸어야 한다.
형제나 가까운 친척도
자주 만나지 못하면 남보다 못하듯이
두터운 우정도 잦은 손길에서 만들어진다.

23

친구란 어떤 사이이고 어떻게 해야 하는가
그것에 대해 신중히 생각하거라.
너의 미래에 많은 영향을 미칠 수 있기 때문이다.
그리고 너 역시 상대에게
영향을 주고 있음을 기억해라.
네가 만나는 사람은
너로 인해 흔들리거나 깊어진다.
그리고 너 자신도 상대로 인해
변화되고 높아진다.
친구의 마음속에 깃든 최상의 것을
발견하도록 노력해라.
친구의 결점을 보려않고 장점을 보려는 마음이
바로 너 자신을 키우는 일이기도 하다.
누구에게나 장점과 단점이 있게 마련이다.
상대의 장점을 통해 너를 키우고
상대의 단점을 통해 너를 반성해라.
우정이란 친구를 딛고
네가 높아지는 것이 아니라
너를 딛고 친구를 높아지게 하는 것이다.
그것이 둘이 함께 높아지는 일이기도 하다.

24

“친구는 기쁨을 두 배로 만들고 슬픔을 반으로
줄인다.”
[실러]의 말이다.

친구의 기쁨을 자신의 일처럼 기뻐해 주는 일은
기쁨을 더 크게 하는 일이고
친구의 슬픔을 자신의 일처럼 슬퍼해 주는 일은
슬픔을 더 작게 하는 일이라는 뜻이다.
그래서 아무리 어려운 시간일지라도
사는 일에 힘이 덜 들게 되고
그만큼 세상은 살만한 것이다.

사랑하는 딸아.

사람들은 기쁨이 자신에게만 있기를 원하고
슬픔은 남에게만 있기를 바라는구나.
그래서 절이며 교회를 찾아
소원이 이루어지길 빌고
복을 많이 달라고 기도를 하는구나.
세상은 더 많이 아프고
더 많이 어두워지기만 하는데
어째서 사랑은 더 작아지기만 하는지 모르겠구나.

25

"하느님이 인체를 설계할 때 입은 닫을 수 있게 설계했고
귀는 닫을 수 없게 설계했다. 왜 그랬을까?"

[정철]님의 글에 나오는 말이다.

그건 친구 간에도 말은 많이 하지 말고
말을 많이 들어주라는 뜻일 것이다.
그것도 친구보다 높게 서지 말고 친구보다
낮은 자리에서 말이다.
영어로 언더 스탠드(under stand)란 단어가 있다.
'이해하다.' 라는 단어이다.
그러나 뜻을 새겨보면 이해하기 위해서는
남보다 아래에 서야 한다는 말이 된다.
사회생활도 그렇다.
자기 PR시대라고 남의 말을 참을성 있게 들어주기보다
중간에 말을 자르거나 핀잔이나 주고,
듣는 사람은 생각 않고 자기 자랑만 늘어놓는 일이 흔하다.

사랑하는 딸아.

너는 친구의 말을 많이 들어주는 사람이 되어라.
그리고 입을 열어 말을 해야 할 때도
칭찬을 많이 하는 사람이 되어라.

26

"봄비와 같은 사람이 있고
가을 서리와 같은 사람이 있다.
더불어 삶의 기쁨을 나누는 사람이 있고,
옆에만 있어도 으스스 떨리는 사람이 있다.
훈기로 인정스레 가슴을 덥혀 주는 사람이 있고,
오싹하게 남의 가슴에 못을 박는 사람이 있다.
그러나 남을 향한 마음을 봄비처럼 지니고,
나 자신의 마음자리를 가을서리 같이
엄숙히 지낼 수만 있다면
그 삶이 비로소 헛되지 않으리라."

[이덕무]님의 '청언소품' 에 있는 글이다.

사랑하는 딸아.

함께 있으면
가슴이 따뜻해지는 사람이냐
함께 있으면
마음이 불편해지는 사람이냐의 차이는
사랑이 있는 사람과
사랑이 없는 사람의 차이가 아니겠느냐.

너의 곁에는 얼마만큼의 친구들이 있니?
너를 좋아해 주는 친구가 적다고
친구들이 너와 함께 하지
않는다고 친구를 미워하거나
네 자신을 학대하지 마라.
네 사랑이 부족한 것을 반성하고
사랑을 키우도록 노력해라.
네게 사랑이 가득하다면
세상의 어떤 폭력도
세상의 어떤 미움도
네 사랑을 이기지 못하리라.

27

친구를 이렇게 사귀어라.
우정을 돈독히 하려면 이렇게 하라. 라는 말은
너무 계산적이고 방법을 앞세우는 것처럼 생각되는구나.
친구란 한지가 물에 스미듯 자연스럽게 젖어드는 것이고
우정은 마르면 더욱 단단해지는 것과 같다 할 수 있다.
그래서 [생텍쥐페리]의 '어린왕자' 중에서 이 구절을 보면
어떤 설명보다 쉽게 알 수 있을 것이다.

"내게 넌 아직 다른 아이들과 다를 바 없는 한 아이에 불과해.
하지만 네가 날 길들인다면 우리는 서로를 필요로 하게 되지.
내겐 네가 이 세상에서 오직 하나밖에 없는 존재가 될 거야.
만일 네가 날 길들인다면 마치 태양이 떠오르듯
내 세상은 환해질거야. 나는 다른 발자국 소리와 구별되는
네 발자국 소리를 알게 될 거구.
저길 봐! 밀밭이 보이지? 난 빵을 먹지 않으니까
밀밭은 내게 의미도 없어. 그건 슬픈 일이지.
그러나 넌 금빛 머리칼을 가졌어. 그러니까 네가 날 길들인다면
밀은 금빛이니까 너를 생각나게 할 거야.
그러면 난 밀밭을 지나가는 바람소리도 사랑하게 되겠지.

만약 네가 오후 네 시에 온다면,

난 세 시부터 행복해지기 시작 할 거야.

그리고 시간이 지날수록 더욱더 행복해질 거야."

28

우정이란 말하기보다 듣기가 더 중요하고
말하기보다 듣기가 우정을 돈독히 하는데 필요하다는 것을
조금 다른 예이기는 하지만
다음의 예에서도 알 수가 있다.

"[잭 웰치] GE 전 회장이 최고의 리더라고 극찬한
[제프킨들러] 미국, 화이자 회장은 듣는 것의 중요함을
이렇게 실천했다고 했다.
그는 매일 10개의 1센트 동전을
왼쪽 바지주머니에 넣고 집을 나선다.
한 명의 직원과 대화하고 그의 고민이나 이야기를
충분히 들어 주었다는 생각이 들면
왼쪽 주머니에 있던 동전 하나를 오른쪽 주머니로 옮긴다.
매일 하루를 보낸 후 왼쪽에 있는 10개의 동전이 모두
오른쪽 주머니로 옮겨가면 스스로 자신에게
'100점' 이라는 점수를 준다.
그는 '바쁜 일정을 소화하면서도 매일 나에게 이런 숙제를 내는 이유는
CEO로서 무엇보다 가장 중요한 것은
대화를 통한 듣기라고 생각하기 때문' 이라고 했다."

29

사랑하는 딸아.

아빠가 어렸을 때 아니 학창시절엔
공부보다 뛰어노는 것이 좋았고
친구와의 우정도 지금보다 깊고 단단했다 할 수 있다.
지금 너희들을 볼 때
친구란 우정을 나누기보다
경쟁상대가 되어버린 건 아닌지 생각되는구나.
친구보다 더 높은 시험점수를 받고 더 좋은(?)대학,
더 좋은 직장에 들어가는 일이
중요한 목표가 되어버렸구나.
친구와의 우정, 친구와 함께한 시간이
훗날 더 아름답고 풍성한 추억을 얘기할 수 있을 텐데 말이다.
아빠는 지금도 그때의 친구들을 만나 웃고 떠들고
추억을 얘기하면 많이 즐겁고 행복하단다.
하긴 낙오하거나 뒤처지면 친구와의 만남도
즐겁지 못하거나 불가능하다고 할 것이라는
생각도 틀린 것은 아니다.

이렇게 너희들을 앞만 보고 달려가게 하고
쫓기듯 시간을 보내게 만든 건
어른들의 욕심 때문일지도 모르겠다.
어른들은 자신들이 겪고 경험한 시간을 통해
무엇이 좋은지 잘 알면서도 너희들에겐
그것을 용납하지 않는 좁은 생각이 부끄럽구나.
어떻게 해야 너희들을 이 불행한 시대,
(너희들은 가난한 시대를 불행하다 생각할 수 있겠지만)
마음 아픈 시간 속에서 벗어나게 해줄 수 있을지
그것이 안타깝고 어렵구나.
거대한 물결 속에 떠밀려가며 지치고 허우적이는
너희들을 보는 일이 마음 아프구나.

생명 있는 것들에는
언제나 꿈이 있지

새처럼 높이 날아
더 큰 세상을 보고싶니?
물처럼 흘러서
더 넓은 세상을 만나고 싶니?
화살처럼 날아서
꿈에 닿고싶니?

꿈은 끝이 아니라
꿈은 새로운 시작이지.

제3부

꿈에 관하여

1

사랑하는 딸아.

하루하루를 그냥 흘려보내는 것이 아니다.
하루하루의 시간을 채워 가는 것이다.
흘러가는 물을 보아라.
그냥 흘러서 사라지는 것이 아니라
끝없이 채워 바다를 이루고 있지 않느냐.
집에서 학교에서 사회에서
배우고 익힌 것들은
그냥 귓전을 스쳐 가버리거나
다 잊히는 것은 아니다.
시간이 지나면
어느새 머릿속에 가득해서
삶의 지혜로 남는 것이다.

2

시간의 귀중함과 그 사용방법을
진실로 알고 있는 사람은 많지 않다.
누구나 입으로는
시간이 귀중하다고 말들을 한다.
그러나 귀중한 만큼
시간을 귀중하게 쓰는 사람은 드물단다.
지금 주어진 시간을 허비하면
생의 끝에 큰 후회로 남는다.
네가 젊었을 때 노력하지 않으면
나이가 들었을 때
보잘 것 없는 삶으로 남는다.
꿈은 살아가면서
자신의 삶을 아름답게도 하지만
그 기쁨이나 평가는
인생의 황혼에서 보게 된다.
서두르지도 게으르지도 마라.
순간순간이 전체의 부분임을
잊어서는 안 된다.

3

도대체 무슨 엄청난 꿈이 있어
그렇게 무거운 가방을 메고
학교에 다니는 것이냐.
꿈이란 날개를 달아주는 것이지
짐을 지우는 것은 아닐 텐데 말이다.
어른들은 너희들에게
날아라 높이 날아라
꿈을 가져라 하면서
날지 못하게 무거운 짐을 지우는 심술은
또 무엇이냐.
어른의 한 사람인 아빠도 부끄럽구나.
그것은 꿈을 갖지 못한 시대를 산
어른들의 무지 때문 일 것이다.

사랑하는 딸아.

기억해라, 꿈이 무엇인가를,
꿈은 어떻게 만들어지는 것인가를,
네가 어른이 되고 그때 자라는 아이들은
진정으로 꿈을 갖고 살게 될 것을.

4

꿈은 가르쳐준다.
너 자신이 그렇게 되길 바라는 한
그것을 이룰 수 있는 힘을 갖고 있다는 것을,
네가 그것을 원하기 때문에 그것을 이룰 것임을,
네가 꿈꾸고 있는 한 네 꿈은 자란다.
꿈은 청춘과 장년과 노년의 시간과 함께
흘러가면서 커지거나 작아지거나
높아지거나 낮아진다.
누구나 꿈을 가지고 있고
그 꿈의 크기나 모양 또한 각기 다르다.
그러나 꿈을 이루었나 이루지 못했냐 는
꿈을 위해 얼마나 많은 시간을 투자했느냐에
달려있다.
꿈이 나무라면 꿈을 이루는 것은
꽃을 피우고 열매를 맺는 일이다.

5

담장 아래 그늘진 자리에
민들레가 목을 길게 해 피었다.
노란 꽃이 누이의 노랑저고리처럼
눈물겹도록 예쁘다.
디 멀리 홀씨를 날리기 위해
좀 더 조금만 더 목을 길게 했을 테지만
바람이 불 때 마다
가녀린 목이 위태히 흔들린다.
작은 꽃인 민들레도 저리 애쓰는데
너는 너의 꿈을 위해
얼마만큼 노력하고 있니?
당장 눈앞의, 작은 일에 연연하기보다
멀리 보는 눈
넓게 펴는 가슴을 가져라.
멀리 시집보낸 딸을 생각하는
아빠의 마음처럼 애잖아져
오래 민들레꽃을 바라보았다.

작은 꽃인 민들레도 저리 애쓰는데

너는 너의 꿈을 위해 얼마만큼 노력하고 있니?

6

"내가 젊고 자유로워서 무한한 상상력을 가졌을 때,
나는 세상을 변화시키겠다는 꿈을 가졌었다.
좀 더 나이가 들고 지혜를 얻었을 때
나는 세상이 변하지 않으리라는 걸 알았다.
그래서 나는 내가 살고 있는
나라를 변화시키겠다고 결심했다.
그러나 그것 역시 불가능한 일이었다.
황혼의 나이가 되었을 때는 마지막 시도로,
가장 가까운 내 가족을 변화시키겠다고 마음을 정했다.
그러나 아무도 달라지지 않았다.
이제 죽음을 맞이하는 자리에서 나는 깨닫는다.
만일 내가 내 자신을 먼저 변화시켰더라면,
그것을 보고 내 가족이 변화되었을 것을,
또한 그것에 용기를 얻어 내 나라를 더 좋은 곳으로
바꿀 수 있었을 것을, 누가 아는가.
그러면 세상까지도 변화되었을지!"

[웨스트민스터] 사원에 있는 어느 주교의 비문이다.

사랑하는 딸아.

사람들은 자신은 변하지 않고
남이 먼저 변하기를,
세상이 먼저 변하기를 바라는구나.
그런 사람일수록
부정적인 생각이나 불만이 많은 법이다.
그것은 결국 자신의 삶을
우울하게 어둡게 하는 일일뿐인데 말이나.
네 자신을 긍정하고
네 자신이 먼저 변화되도록 노력해라.
자신이 먼저 변화되면
모든 것들이 긍정적으로 변하고
그 힘이 네 꿈을 가능케 하리라.

7

누구나 세상바다로 나갈 때면
두려울 수밖에 없다.
처음 경험하는 항해이기 때문이다.
폭풍우와 높은 파도와 기관고장으로
침몰할지도 모른다는 두려움이
너의 발을 무겁게 할 것이다.
그렇다고 항해를 포기할 수도 없다.
너는 이미 바닷가에 서있고
배는 붕붕 고동을 울리고 있을 테니까.
네가 만일 항해를 포기하고 돌아서 버린다면
너는 결코 시련을 이겨내지 못하고
온실 속의 나약한 식물처럼 살 수 밖에 없다.
네가 아무리 담장을 높이고 문을 닫아건다 해도
세상은 끊임없이 너를 찾아와 문을 두드리고
서둘러 배를 타라고 소리칠 것이다.

사랑하는 딸아.

문을 닫아걸기보다 문을 활짝 열고
세상 속으로 성큼 발을 내딛어라.

세상 속에다 너 자신을 우뚝 세울 때
너는 분명 두려움이나 슬픔보다 사랑이나 기쁨이
더 크고 많다는 것을 알게 될 것이다.

8

하늘을 나는 새의 날개 짓은 아름답다.
열심히 날개 짓 하지 않으면 추락하고 말지.
누가 뭐라고 하든
누가 어떻게 보든
홀로 열심히 하늘을 가는 새는 아름답다.

사랑하는 딸아.

꿈을 꾸고 꿈을 이루기 위해서는
하늘을 바라보는 것만으로는 불가능하다.
하늘을 나는 새의 날개 짓을 배우는 일이다.
하얀 구름이 만드는 그림을 그리는 일이다.
바람이 손잡는 만남을 기억하는 일이다.
그리고 네가 만들 세상을 향하여
열심히 너의 길을 가는 일이다.

9

시련은 우리에게 고통을 주지만
그 고통의 크기만큼 우리에게 기쁨을 준다.
너는 나무처럼 이슬비와 산들바람,
햇빛과 같은 축복을 받기도 하지만
폭풍우와 눈보라 같은 시련이
너를 쓰러뜨리려 하기도하고
네 몸을 부러져라 흔들기도 할 것이다.
그러나 너는 모든 시련을 이김으로써
더 굳굳하게 자랄 수 있을 것이다.
산을 보아라.
많은 나무 중에 우뚝 솟은 나무가 있을 것이다.
숱한 시련과 상처를 딛고 일어선 그 나무는
분명 더 높이 더 멀리 세상을 볼 것이다.

10

밤이 되면 깜깜해지는 건 태양이 충전 중이기 때문이라는 우스갯소리가 있다.

사랑하는 딸아

핸드폰 충전을 깜박해서 통화 중에 전화가 끊어진
경험을 했을 것이다.
꿈을 위해서 열심히 노력하는 건 좋지만
때로 멈춰 충전하는 시간이 필요하다.
정신없이 앞만 보고 달려가다 보면 쉽게 지치고
자신이 목표로 한 길을 잃어버릴 수가 있다.
꿈이란 단거리 경주가 아니라
멀리 가는 장거리 경주와 같은 것이다.
잠시 멈추거나 속도를 줄이며
자신이 가는 길이 옳은지 점검할 필요가 있다.
그렇지 못하면 다시 돌아오기도 바른 길을 가기도
이미 늦어버린 자신을 보게 될 것이다.
멈추거나 속도를 줄이는 일을
남에게 뒤쳐진다고 생각지는 마라.

그것은 잘못된 길을 가는 것보다
더 행복한 꿈을 위한 길이 될 테니까.
길을 나서보면 남보다 더 빨리 달려가고
남보다 더 높이 오르기 위해 정신없이 질주하는
모습들을 보게 된다.
그런데도 생의 끝에서 만족보다는 후회가
더 많은 것은 왜일까?

11

"그 어딘가에 샘물이 솟고 있기 때문에
사막이 아름답다."라고
[생텍쥐페리]가 말했다.

언제쯤인가 꿈이 이루어질 날이 있기 때문에
너의 시간은 아름답다.

사랑하는 딸아.

누군가 참 멋있다고 느껴지는 사람
누군가 너무 훌륭하다고 생각되는 사람,
나도 누구처럼 되겠다는 생각만으로는
꿈을 이루지 못한다.
네가 부러워하는 그 사람들도
너만큼 나이였을 때
꿈을 이루기 위해서 열심히 노력을 했다.
꿈이란 가슴에 두는 것만으로는
꿈이라 할 수 없다.
열심히 갈고 닦아
보석처럼 빛나야 꿈이라 할 수 있다.

노력하지 않고 이루어지는 꿈이란 없다.
너의 지금 시간을 보람되게 후회 없이 보내노라면
어느 날 문득 너는 멋있는 사람, 훌륭한 사람으로
남들이 꿈꾸는 자리에 있게 될 것이다.

12

"1분을 웃는 자는 10분을 울게 된다."라는
말이 있다.
이 말은 웃지 말고 살라는 뜻이 아니다.
노는 시간도 지혜롭게 놀면서
자신을 발전시켜야 한다는 뜻이다.
너무 즐거움에 빠져서 슬픔을 키우는 잘못을
경계하는 말이다.
노는 시간을 즐겁게 보내는 것은 좋은 일이다.
자신의 놀이를 찾아서 마음껏 즐겨라.
그러나 잘못된 즐김은 돌이킬 수 없는 후회와
상처를 남기게 된다는 것을 잊지 말아라.
남의 흉내를 내는 것은 좋지 않다.
스스로에게 무엇이 즐거움인가 물어보고
그 즐거움이 건강과 지혜와 꿈을 위한 것인가
다시 한 번 생각해보기 바란다.
지혜가 없는 놀이는 쾌락만을 좇고
품위가 없는 놀이는 몸을 망칠 뿐이다.

13

사랑하는 딸아.

지혜로운 자와 어리석은 자의 차이는
책을 읽느냐 책을 읽지 않느냐에 있다고 한다.
그러나 너에게 책을 읽어라
책을 많이 읽어야 지혜로워진다 라고
말할 수가 없구나.
네 어깨 위에 지워진 공부라는 짐이 너무 무거운데
책을 읽어라 는 것은
고통을 더하는 일 일 뿐일 텐데,
지금 시대에는 고전을 읽고 시 한편 외우기보다
영어단어 하나를 더 외우고 수학문제 하나를
더 푸는 것이 현명한 일이 되어버렸구나.
너희들은 영원히 지혜로울 수 없다는 것이냐.
지혜롭기보다 계산적이고 영악해지는
너희들을 보는 일이 마음 아프구나.
너희들을 그렇게 만드는 그 무엇이 밉구나.

장차 무엇을 하겠다, 무엇이 되겠다는 꿈은
기회를 놓치지 않는 사람의 것이다.

14

많은 이들이 기회가 찾아와도
그것을 놓친 다음에 후회를 하곤 한다.
그것은 마음의 준비가 없었기 때문이다.
기회란 손님과 같아서 문을 열어두고
맞을 준비를 하지 않으면 떠나 버리고 만다.

사랑하는 딸아.

너는 꿈을 이루기 위해서 어떤 준비를 하고 있니?
장차 무엇을 하겠다
무엇이 되겠다는 꿈은
기회를 놓치지 않는 사람의 것이다.
그러나 노력하지 않고 기회만을 기다리는 것은
요행만을 바라는 옳지 못한 생각이다.
노력으로 이루는 꿈만이 진정한 기쁨을 준단다.

15

미국 최고의 골퍼 중에 한 사람인 [톰 레먼] 은
한때의 좌절을 딛고 일어서 승리한 후 이렇게 말했다.

"자신감은 자신감을 키우고 성공은 성공을 키운다.
내가 자신감을 갖기 시작했을 때 만사는 빠르게 형통했다."

사람은 누구나 꿈을 갖고 있다.
대다수 사람들은 나이를 먹으면서
꿈이 작아지거나 꿈을 포기하게 된다.
그러나 자신이 처음 정한 꿈을 성취한 사람도 있다.
그런 사람을 성공한 사람이라고 부른다.
누구나 꿈을 갖고 있었으면서
누구는 꿈을 이루고
누구는 꿈을 이루지 못하는 것은 무엇 때문일까?
그것은 자신감 때문이라 할 수 있을 것이다.
자신감을 잃게 되면 꿈을 포기할 수밖에 없고
결국 좌절하거나 절망하게 된다.
그러나 가슴속에 자신감을 갖고 있다면
언젠가 꿈을 이루게 될 것은 당연한 일이다.
젊은이에게 꿈이 없다면
꿈을 이루겠다는 자신감이 없다면
그 삶은 시든 풀잎과 다를 바 없다.

16

넘어지면 누가 일으켜주던 때는
이제 다시 오지 않는다.
너의 어린 시절은 지난 이야기가 되었다.
이제 너는 쉽게 넘어지지 않을 만큼 자랐고
넘어지면 스스로 일어설 수밖에 없다.
네가 이만큼 자란 것은
꿈이 너를 키운 것이다.
사랑은 아래를 보는 것이지만
꿈은 위를 보는 것이다.
높이 더 높이 바라보며
네가 만나고 싶은
네가 닿고 싶은
네가 만들고 싶은
세상을 향해 나아가거라.

"내가 잠들기 전에 더 가야할 길이 있다." 라고
[로버트 프루스트]가 노래했다.

17

"나는 얼마나 높은 자리까지 올랐는지를 보고
성공을 가늠하는 것이 아니라, 바닥을 쳤을 때
얼마만큼 높이 튀어 오르냐를 보고 판단한다."
제2차 세계대전 노르망디 상륙작전에서 큰 활약을 펼친
[조지 스미스 패튼]장군의 말이다.

사랑하는 딸아.

너무 높이 오르기만을 몰두하다보면 추락 했을 때
상처와 고통은 큰 법이다.
넘어져도 다시 일어서는 용기,
추락해도 그 반동으로 다시 튀어 오르는
공의 정신을 배워야 한다.
신문이나 방송을 보면 저 사람이 왜 자살을 할까?
의아해질 때가 있다.
물론 그 사람이 자살할 수밖에 없는 고통은 잘 알 수는 없지만
추락 후의 다시 일어서고 튀어 오르는 용기를
배우지 못했기 때문일 것이다.
살다보면 넘어지거나 추락할 때가 있는 법이다.

더 이상 내려갈 곳이 없는 바닥이라고 생각 되었을 때
다음엔 오르는 일밖에 없지 않느냐.
아빠는 우리 딸이
열심히 한 계단씩 오르는 모습도 응원하지만
넘어졌을 때 다시 일어서는 용기에도 박수를 보낸단다.

18

땀 흘리며 산을 오르는 사람들은 정상에서
무엇을 가지고 오겠다고 열심히 아니다.
산을 내려오는 사람들의 배낭은
오히려 가볍고 비어있다.
우리가 삶에서 정상을 오르는 일도 그와 같아서
무엇을 얻겠다기보다 더 높이 올라 멀리보고
꿈을 성취하는 보람에 있다.
정상의 음악가는 청중에게
더 좋은 음악을 들려주고자노력한다.
정상의 운동선수는 관중에게
더 큰 승리의 기쁨을주고자 노력한다.
정상에 서는 일은
자신에 의해서 이기보다 남에 의해서 평가된다.
많은 이에게 긍정적인 영향을 미치는 삶,
그런 삶이야말로 성공적인 삶이라 할 수 있다.

19

사랑하는 딸아.

삶을 살아가는데 있어서 자신의 길을 가야한다.
다른 사람의 길을 따라가고 있는 것은 아닌지,
스스로 길을 결정할 때 정말로 자신이 원하는
길인지 아닌지를 다시 한 번 생각해보기 바란다.
결과에 대한 평가는 남에 의한 것이기는 하지만
자기 자신에게 돌아오는 것임을
잊어서는 안 된다.
자신의 옳은 판단을 위해서는
세상을 넓게 보는 안목을 길러야한다.
그러기 위해서는 독서와 경험을 통해야 한다.
그러나 많은 독서와 풍부한 경험이 있다 해도
자신의 판단이 옳다고 쉽게 단정해서는 안 된다.
그것은 아집이나 오만으로 흐를 수 있기 때문이다.
지식은 풍부하게 결정은 신중하게 해야 한다.

20

네가 없다면 이 복잡한 세계, 광활한 우주
그 아무 것도 없을 것이다.
네가 있음으로
세상의 모든 이름들이 존재한다.
네가 세상을 예쁘게 색칠하고
네가 세상을 눈부시게 꾸민다.
네가 있음으로 세상의 아름다움도 가능하다.

사랑하는 딸아.

자신이 얼마나 중요한 사람인가를 생각하며
당당하게 세상에 꿈을 펼치거라.
그리고 꽃과 나비와 새들에게
강물과 구름과 바람에게
명령하거라.
너를 위해 미소 짓고
너를 위해 춤추고 노래하라고,
네가 바로 세상의 주인이니까.

자신이 얼마나 중요한 사람인가를 생각하며
당당하게 세상에 꿈을 펼치거라.

21

사랑하는 딸아.

삶이란 흐르는 강물 같아서
어느 날 문득 너무 멀리 흘러와 있거나
다시는 돌아갈 수 없게 될 것이다.
살아가는 일이란
한 걸음 한 걸음 발걸음을 옮길 때마다
자신의 시간들을 가슴에 새기는 일이다.
눈에 보이는 세상의 그림들
귀에 들리는 세상의 음악들
하나같이 사무치도록 소중한 순간들이다.
아무런 뜻 없이 세상을 살다 가면
세상에 어둠 한 조각 밖에 남기지 못하는
부끄러운 일이다.
생명 없는 바람도 자기 일에 열심이고
여름 한 철 살다가는 매미도
목이 쉬도록 울지 않느냐.

22

"세상에는 사실 성공보다 실패가 많다.
하지만 실패가 사람을 '크게' 하는 것만은 분명하다.
삶이라는 길 위에서
한 번도 돌부리에 차이지 않는다면
오히려 이상한 일이 아닐까.
돌부리에 차이지 않은 다리는
결코 튼튼할 수 없을 것이다."

[강은교]시인의 글에 나오는 말이다.

누구나 그것을 알면서
돌부리를 피해서 실패 없는
삶의 길을 가고 싶어 하는구나.
돌부리에 차이면 발가락이 아프고 피가 나고
어쩌면 발톱이 빠질지도 모른다.
삶의 길에서
돌부리에 차이지 않고도 튼튼한 다리가 되고
실패 없는 성공만 있다면 얼마나 좋겠느냐.
그러나 시련이 피할 수 없는 것이라면
필히 도전하는 삶과 극복하는 삶을 기억해야할 것이다.

23

"고요하면 맑아지고 맑아지면 밝아지고
밝아지면 보인다."라는 말이 있다.

사랑하는 딸아.

마음의 창을 닦으면 세상의 그림들은
한층 뚜렷하고 따뜻하게 다가온다.
한순간 한순간을 따뜻한 가슴으로 산다는 것은
따뜻한 세상을 만드는 일이기도 하다.
그러나 세상 사람들은
마음의 창을 닦지 않고
세상을 보기 때문에
많이 슬퍼하고 많이 분노하고
많이 절망하는구나.
세상은 언제나 그대로인데
세상을 변했다 믿는 것은
사람들의 마음 때문이다.

24

[리챠드바크]의 '갈매기의 꿈' 이라는 책에서

"가장 높이 나는 새가 가장 멀리 본다."
라고 했다.
너의 지혜가 반짝일 때마다
너의 꿈도 빛나고
너의 키가 쑥쑥 자라듯이
너의 꿈도 커가는구나.

사랑하는 딸아.

도전하여 성취의 기쁨을 누리기보다 안전하고
편한 시간을 갖는 편이 낫다고 생각하는 사람은
남보다 높이 날수 없다.
안주의 울 밖으로 뛰쳐나가야만
비로소 더 큰 목표를 향해 전진할 수 있다.
노력하면 얻을 수 있다.
하늘 높이 날아 세상을 가슴에 품는
성취의 기쁨을!

25

"그 누구도 아닌 자기 걸음을 걸어라. 나는 독특하다는 것을 믿어라. 누구나 몰려가는 줄에 나 또한 나설 필요는 없다."
영화 [죽은 시인의 사회]에 나오는 내용이다.

사랑하는 딸아.

아빠는 이 영화를 보고 많은 감동을 받았다.
한 편의 영화가 두꺼운 책 한 권을 읽은,
한 사람의 인생을 경험한 것만큼이나
많은 것을 생각하게 했다.
다시 청춘으로 돌아간다면 원하는 길을 걸어 볼 텐데 하고
남들이 하는 후회를 했음은 물론이다.
그러나 지금의 젊은이들은 어떠냐?
남 보기에 화려해서, 인기가 있다고 해서 연예인을 선호하고
안정된 공무원시험에 줄을 서는구나.
물론 불안정한 직장생활 때문이기도 하지만
몰려가는 줄에 선 인생이 행복하달 수 있겠느냐.

사랑하는 딸아.

너는 너만의 걸음을 걷고 너만의 길을 가거라
그 길이 덜 화려하다해도 네가 행복하다면
그것으로 족한 것이다.

26

물이 깊지 않으면 큰 배를 띄울 수가 없다.
얕은 물에는 언제나 도전을 두려워하는 사람들이나
작은 이익을 위해 얼굴을 붉히는 사람들로
시끄러울 뿐이다.
물이 깊다는 것은 가능성이 많다는 것이다.
깊은 바다에 띄우는 배는 필시 돛을 높이 올리고
바람 가득 부풀린 채 나아갈 것이다.
너는 분명 당당한 그 배의 선장이 될게다.
그러나 아직은 시간이 필요하다.
세상바다에 자신 있게 배를 띄울 수 있는 준비가
필요하다는 것이다.
넓은 바다로 나가기 위한
수로(水路) 안내인은 아빠다.
아빠가 기쁘게 안내하마.

27

지금은 밤이다.
낮 동안 스쳐지나간 사람들은
지금 무슨 꿈을 꾸고 있을까?
꿈이라는 나무를 키우기 위해서는
튼튼한 뿌리가 무엇보다 중요하다.
뿌리가 깊지 못한 나무는
키를 키우지 못할뿐더러
구부러져 쓸모없는 나무가 될 뿐이다.
그런 나무로는 필시 좋은 열매를 맺지 못한다.
의미 없이 스쳐간 시간일지라도
가슴에 남는 물음은 있을 것이다.
끝내 지워지지 않는 기억으로
가슴에 남는 것이 있다면
그것을 꿈이라 불러도 좋으리라.

사랑하는 딸아.

꿈이라는 물음을 통해서
진정으로 얻는 것은 무엇이고
잃어버리는 것은 무엇인지
경험하기 바란다.

loveYou

28

기쁠 때만 꿈이 있고
슬플 때는 꿈이 없는 거라고
생각하는 것은 잘못된 것이다.
꿈이란 살아가는 시간 속에 함께 있고
커 가는 것이다.
기쁠 때는 기뻐서 꿈을 버리지 않고
슬플 때는 슬퍼서 꿈을 지켜야 한다.
삶에서 꿈을 잃는다면 살아도 산 것이 아니다.

사랑하는 딸아.

기쁨은 너를 겸손하게 하고
슬픔은 너를 강하게 한다.
꿈은 네가 부르는 노래다.

29

꿈을 이루기 위해서 해야 할 일은
뿌리를 깊게 하는 것이다.
햇빛이나 물은 자신의 뜻대로
얻어지는 것이 아니다.

사랑하는 딸아.

빌딩 신축공사장을 가보면 알 수 있을 것이다.
땅을 깊이 파면 팔수록
그 빌딩은 높게 지어지는 것이다.
뿌리를 깊게 하는 일은
그만큼 꿈을 높게 하는 일이다.
뿌리가 깊으면 어떤 시련도 네 꿈을
함부로 쓰러뜨리지 못한다.
그러나 사람들은 뿌리를 깊게 하기보다
날기를 소망하며 허공에 둥둥 떠다니는
삶을 사는구나.
지금은 네 꿈이 아득하게 생각될지라도
기다리며 열심히 노력하는 일뿐이다.

그것은 뿌리를 깊게 해서
물을 빨아들이고
가지를 뻗고 잎을 펴서
햇빛을 받아들이는 일이다.

30

"반짝이기 위해서 개똥벌레는 먼저 어둠을 필요로 하는 셈이다."라고 어느 소설가가 이야기했구나.

사랑하는 딸아.

매일 매일 공부를 해야 하고
시간이 더할수록 무거워지는 어깨가
힘들고 고통스럽기도 할 것이다.
새처럼 훨훨 날아가고 싶기도 하고 바람처럼
약속 없이 떠나고 싶기도 하리라.
거리의 오락실이나 늦은 밤 화려한 불빛들이
유혹의 미소를 보내고 너는 모든 것을 잊고
그것들에 몸과 마음을 빼앗기고 싶기도 하리라.
그러나 훗날 네가 이룰 꿈을 위하여 너는 지금
어둠과 외로움의 길을 가고 있는 것이다.
아빠가 너에게 따뜻한 격려의 말은
해줄 수 있겠지만
너의 삶을 대신 살아줄 수는 없지 않느냐.

네 앞에 놓인 장애물을 넘는 일은
네가 풀어야할 숙제다.
숙제가 힘들고 어려운 만큼
네가 그것을 풀었을 때
네가 이룬 꿈은 그만큼 자랑스러우리라.
너는 마침내 네 자신의 당당한 주인이 되리라.

31

“모든 이가 오바마가 되려하지만 그럴 필요도 없고 그럴 수도 없다.
세상에 오바마는 단 하나다.
각자 자신이 좋아하는 일에 최선을 다하면 모두가 최고가 된다.”

중국, 알리바바 회장 [마윈]의 말이다.

우리는 언제나 꿈을 이야기 할 때면
누구처럼 되고 싶다,
누구를 닮고 싶다, 라고 말들을 한다.
그 말이 단순히 그 사람처럼 되고 싶다는 말이라면
다시 생각해 볼 일이다.
그 사람처럼 된다는 것,
그것은 그 사람이 둘이 된다는 뜻이다.
그것은 자신의 꿈이랄 수 없고
단순히 그 사람의 복제품일 뿐이다.
자신의 꿈을 위해서
그 사람의 모습은 최종목표가 아니라
자신의 꿈을 위한
디딤돌이 되어야 하고 언덕이 되어야 한다.

그리하여 자신이 목표로 한 그 사람보다
더 높은, 더 빛나는 자리에 서야 한다.
그것이 진정한 자신의 꿈이랄 수 있다.

32

우리나라의 세계적인 산악인인 '엄홍길'' 박영석' 님은 이렇게 이야기했다.

"산은 언제나 그 자리에 있지만 오르고 나면 그곳에 없다.
후세 사람들이 오를 커다란 산 하나를 내 인생에 만들고 싶다."

"산에 오르지 않는 나는 내가 아니고 산이 있기에 내 삶이 충만하다.
피할 수 없는 운명이자 삶의 원동력을 향해 원 없이 매진했기에
내 삶은 행복하다."

사랑하는 딸아.

네가 걸어야할 시간과 배워야할 지식은
너의 인생에서 산하나를 만드는 일이다.
네가 힘써 세상에 만들 산은
뒤이어 많은 사람들이 오르고
또 자신의 산을 쌓기를 소망하리라.
산 하나를 만드는 일은
어려움과 외로움의 시간이기도 할 것이다.

그러나 그 시련을 피하려고 하면
아무 의미 없이 세상을 살다가게 될 뿐이다.
원하는 꿈, 이루고자하는 꿈이 있어
네 삶은 의미가 있다.

네가 걸어야할 시간과 배워야할 지식은 너의 인생에서 산하나를 만드는 일이다.

네가 손을 펴면 그것은 용서와 화해와 사랑이 된다.

33

"주먹을 쥐면 아무 것도 가질 수 없고
주먹을 펴면 세상을 다 가질 수 있다."

많은 것을 갖기 위해 너무 자주 주먹을 쥐지 마라.
주먹은 분노와 욕망의 표현일 뿐이다.
네가 손을 펴면
그것은 용서와 화해와 사랑이 된다.
더 많이 손을 주고
더 많이 미소를 보여라.
그것을 받아들이는 상대를 통해
그것이 진정으로 너를 성장시키고
살게 하는 것임을 알게 되리라.
네가 이루고자 하는 꿈은
네 손안에 있지 않고
네 가슴 안에 가득하리라.

34

길은 있되 멀어 보인다.
그러나 길이 없다는 것과 길이
멀다는 것은 다르다.
다만 지금 보기에 멀어 보일 따름이다.

사랑하는 딸아.

"스스로 길이 되지 않고서는
결코 그 길을 여행할 수 없다."라고
[부처님]도 말씀하셨다.

세상에는 많은 길이 있다.
자신이 원한 길을 한 눈 팔지 않고
열심히 간 사람은 분명
삶을 행복하게 산 사람이다.
하지만 많은 사람이
길 끝까지 가지 못하고 길 위에서
방황하거나 길 가기를
중도에서 포기하고 마는구나.

그리고는 어디에도 길은 없다고,
자신의 길만 험하다고 하는구나.
열심히 자신의 길을 갈 때 길은 길이 되는 것이지
제 길이 아닌 길을 부러워하거나 욕심내면
결국 자신의 길은 없고
절망과 실패만 남을 수밖에 없을 것이다.

35

사랑하는 딸아.

무엇이 되겠다는 큰 꿈도 좋지만
순간순간 다가오는 작은 일에 최선을 다하면
그것이 큰 꿈에 닿는 일이다.
하나하나 배워 가는 지식이나,
한 푼 두 푼 모으는 저축이
때로 답답하고 바보처럼 생각되기도 할 것이다.
그래서 3D업종엔 일손이 달린다고 하소연인데
젊은이들은 일자리가 없다고 아우성이구나.
신용불량자가 양산되고
땀 흘리는 노동에 미래를 걸기보다
너도나도 복권에서 인생역전을 노리는구나.
그렇게 해서 행운을 잡는다 해도
그것이 진정한 행복일까?
한순간에 무너져 내리는 모래성처럼
허황된 꿈을 좇다
생을 끝마칠 수밖에 없을 텐데 말이다.
진정으로 세상을 바꾸는 원천은
거창한 구호가 아니라
주변에서 실천할 수 있는 작은 것에서 비롯된다.

너는 네 인생을
벽돌 한 장 쌓는 정성으로 시작해라.
한 장 한 장 쌓이는 벽돌이 높은 탑을 만들고
위대한 작품으로 남는다.

36

현대 패션의 대명사로 만든 비결이
무엇이냐는 질문에
[프라다FRADA]는 이렇게 말했다.

"내가 잘하는 일, 내가 하고 싶은 일에 집중했고
성공은 나중에 따라왔습니다."

사랑하는 딸아.

네가 잘하는 일,
네가 원하는 일에 모든 것을 걸어라.
남이 좋다고 하고
겉모습이 그럴 듯해 보이는 일에 마음을
주고 시간을 뺏겨서는 안 된다.
다시 제자리로 돌아올 때는
그만큼 상처가 크고 가야할 길
또한 늦어지게 마련이다.
많은 젊은이들이
연예인이나 스포츠스타를 선망한다는 구나.
그것은 그들의 삶이 화려해 보이고

성공만큼 보상이 따르기 때문일 것이다.
그러나 사람들은 그들이
정상의 자리에 서기까지 흘린 땀과
눈물은 보지 못하는구나.
몇 사람의 성공 뒤엔
수많은 사람의 실패와 좌절이 있다.
그것은 좋은 것 같아 보여서,
남들이 좋다고 하니까 등의
막연한 생각으로 시작을 했거나
그만큼 경쟁이 치열하다는 것일 수 있다.

꿈을 이룬다는 것은
좋은 결실을 맺는다는 것이며 사람답게 열심히 산 결과이기도 하다.

37

"꿈을 너무 멀리 두면 삶이 불행해지고
꿈을 너무 가까이 두면 삶이 천박해진다."

이 말은 자신이 이루지 못할 허황된 꿈이나
노력 없이 쉽게 얻을 수 있는 꿈을
경계하는 말이다.
꿈이란 자신의 노력으로 이룰 수 있는
가능함에 있는 것이지
너무 큰 꿈을 마음에 두게 되면
삶이 불행해 질 수 있고
너무 작은 꿈을 마음에 두게 되면
쉽게 만족하는 삶을 살게 된다.
꿈을 이룬다는 것은
좋은 결실을 맺는다는 것이며
사람답게 열심히 산 결과이기도 하다.
삶이란
뿌린 것이 있으면 거둬들일 것이 있는 이치와 같다.
가을에 잘 익은 밤 한 톨을 보면서
나무의 한 해의 결실을 생각하며
사람도 필시 인생의 황혼에서 삶의 결실을
점검해야할 것을 생각하게 하는구나.

38

어떤 영화감독이 인터뷰에서
"당신의 대표작이 무어냐?" 라는 질문을 받고
"내 다음 작품," 이라고 했다한다.
무릇 영화감독은
첫 영화이건 열두 번째 영화이건
최고를 만들기 위해 최선을 다한다는 말이다.

사랑하는 딸아.

시인이 평생 동안 많은 시를 쓰지만
그의 대표작은 단 한 편뿐이다.
삶이 끝나기 전까지
열심히 살아 움직여야하듯
대표작품도삶의 끝에서 평가되는 것이지
중도에서 자신의 대표작품은 이것이다 말하는 사람은
한 걸음 더 나아갈 수도
더 이상 발전할 수도 없다.
그는 필시 그만큼 밖에 살 수 없고
결국 그의 이름은 그가 멈춘 자리만큼 기록될 것은 물론
다수의 평범함 속에 살다 잊힐 뿐이다.

39

상처를 입어본 사람만이 절망에서 일어설 수 있다.
한 때의 실패를 포기나
좌절로 받아들이지 말고 극복과
도전으로 받아들여야한다.
어떻게 받아들이느냐에 따라
네 삶은 더욱 성장할 수도
더욱 퇴보할 수도 있기 때문이다.
괴로움을 통해서만
완전함을 이룰 수 있었나는 [고흐]도
가장 괴로웠던 이 년 동안
유화 이백 점과
데생 이백 오십 점을 남겼다고 한다.
그것은 고통과 실패에 침몰하지 않고
그것을 딛고 일어섰기에 가능했던 것이다.
고통과 슬픔 속에서
건져 올린 보석 같은 정신은
그의 예술작품으로 오래 남아
많은 사람들에게 기쁨과 평화와
행복을 주고 있는 것이다.

40

삶을 살아가는데 매일 태양만 비친다면
그곳은 사막이 될 것이 뻔하다.
빗물처럼 눈물도 있어야 삶을 가치 있게 살 수 있다.
슬픔으로 인해 네 꿈을 접기보다 눈물 속에서
반짝이는 희망을 발견해야 한다.

영화[씨커]의 대사 중에 이런 말이 나온다.

"살다보면 나락에 떨어질 때도 있지.
그럴 때는 올라가는 방법밖에 없지."

사람들은 삶에서의 결핍을,
실패에 대한 보상을 물질에서 찾으려고 하는구나.
더 많은 수입, 더 큰 차, 더 넓은 집…
물질의 풍부함은 욕망을 채워주고
생활을 편리하게 해주기는 하겠지만
결코 삶을 풍요롭게 해주지는 못한다.
물질이 한 때의 만족을 줄 수 있을지는 몰라도
오래 삶을 풍요롭게 하는 것은 정신에 있다.

슬픔으로 인해 네 꿈을 접기보다 눈물 속에서
반짝이는 희망을 발견해야 한다.

41

"네 인생에 대해 고마움을 가져라.
인생은 아름다운 것이지만 때로 너를 굉장한
두려움으로 몰고 갈 것이다.
뛰어라 사랑하는 내 딸아."

[제임스 도드슨]의 글이다.

때로 성인은 물론
청소년들까지 목숨을 끊는 소식을
접할 때마다 마음이 아파지는구나.
물론 생을 접을 수밖에 없는
어려움이 있어서겠지만
인생에 대한 고마움,
성취해야할 꿈이 없었기 때문이 아니겠느냐.
성취해야할 목표, 이루어야할 꿈이 있다면
어떤 시련도 이길 힘이 될 수 있을 텐데 말이다.
두려움을 이기는 것은
꿈에 의해서이고 꿈은
살아야할 힘이 된다.

아빠는 뭐든지 너를 위해 할 수 있지만
너는 아빠를 위해 하지 말고 진심으로
네 자신을 위해서 해라.

42

사랑하는 딸아.

아빠는 너무 무거운 시대의 짐을 지고
힘겹게 살았지만
너는 다르게 살아라.
너는 마음껏 누리고
마음껏 펼치고 멋지게 인생을 즐겨라.
이 아빠가 너의 힘이 되어주마.
청춘의 시간을
두려움이나 안전을 생각해서
머뭇거리거나 주저한다면
너는 분명 아빠처럼
지난 시간을 후회하게 될 것이다.
다소 서툴더라도
다소 부족하더라도
도전해볼 필요가 있다.
실패나 실수가 있어도
누가 너를 비난하지 않을 것은 물론
그것은 필시 네 삶의 소중한 재산이 되리라.

사랑하는 딸아.

시인 [폴 베를렌]은 이렇게 묻는다.

"말해봐, 뭘 했니? 너는 네 젊음을 가지고 뭘 했니?"

이별을 슬픈 거라고
말하는 사람은
만남의 기쁨을
알지 못해서이지.
이별 뒤의 만남은
더욱 반갑고
이별이 있기에
만남은 소중한 것이지.

사람들은 언제나
만남만을 소망하지만
이별없는 만남이란
생각할수 없는 일이지.

제4부

이별에 관하여

1

사랑하는 딸아.

이별은 헤어짐이 아니다.
이별은 서로의 가슴에다
사랑하는 사람의
이름을 새기는 일이다.
지워도 지워지지 않을 만큼 깊이 새기고
그 이름 위에다
그리움을 색칠하고
하루하루 만남을 손꼽는 일이다.
이별은 슬픔이 아니다.
함께 하는 일이 얼마나 소중한 것인가를
배우는 시간이다.
그래서 만남을 믿는 사람은
이별해도 슬퍼하지 않고
안녕하며 웃으며 보낼 수 있는 것이다.

2

사랑하는 딸아.

이별은 가슴 아픈 일이지만
이별 뒤에 그리움을 가슴에 둘 수 있다면
이별은 무엇보다 소중한 일이 되리라.
가을이면 단풍잎에서 이별의 손짓을 본다.
곧 땅에 떨어질 잎사귀들,
그러나 누구도 가을의 단풍잎을 보면서
이별을 이야기하지 않는다.
가을 산의 불타는 듯한 단풍에서
이별도 생각하기에 따라
한없이 아름다울 수 있음을 배우게 된다.
사람은 누구나 만나면 헤어질 운명에 있다.
이별이 있기에 그리움이 있고
그리움으로 인해 우리의 이별은
한 송이 꽃으로 가슴에 남는다.

3

세상엔 영원한 이별이란 없다.
봄 오기 전에 떠나는 기러기도
겨울이 오면 다시 돌아온다.
겨울 오기 전에 떠나는 제비도
봄이 오면 다시 돌아온다.
살아가는 모든 일이
이별하고 만나고 이별하고 만나고
그렇게 이별과 만남의 반복이다.

사랑하는 딸아.

너는 앞으로 살아가면서
많은 이별을 경험하게 될 것이다.
그러나 이별 뒤에 만남이 있다는 것을 기억하며
눈물을 줄여야 한다.
죽음마저도 영원한 이별은 아니다.

4

사랑하는 딸아.

죽음에 대해서 이야기하지 않고
어떻게 우리가 삶을 이야기 할 수 있겠느냐.
삶이란 어쩌면 죽음이라는 절대명제 앞에서
훌륭하게 처신하는 법을 우리에게
가르쳐주는 것인지도 모른다.
죽음을 두려워한다면 삶 역시 두려울 수밖에 없다.
삶은 곧 죽음으로 가는 여행이기에,
죽음 앞에서는 누구도 다르지 않다.
그러나 어떻게 죽음을 맞이했는가는 다르다.

사랑하는 딸아.

문득[세익스피어]의 시 구절이 생각나는구나.

“사는 것, 잠자는 것, 죽는 것, 이 모두가 꿈이 아닌가!
그렇다 그것이 문제다. 꿈이 아니라고 생각하는 것…….”

만남의 기쁨보다 이별을 통해서 상대에게 사랑을 준 사람으로,
소중한 사람으로 기억될 수 있어야 하리라.

5

"인간은 태어날 때는 손을 꼭 쥐고 있는데 죽을 때는
손을 펴고 있다고 한다.
태어날 때에는 세상의 모든 것을 움켜쥐려고 하기 때문이며,
죽을 때에는 모든 것을 뒤에 남은 사람들에게 주고
아무 것도 가지고 가지 않는다는 것을 의미한다."

[탈무드]에 나오는 말이다.

대다수 사람들은 만남만을 중요하게 생각하지
이별은 중요하게 생각하지 않고들 있다.
만남의 기쁨보다 이별을 통해서
상대에게 사랑을 준 사람으로,
소중한 사람으로 기억될 수 있어야 하리라.
우리에게 이별이 그만큼 소중한 것은
이별과 만남은 끊임없이 반복되고
이별의 의미만큼 만남의 기쁨도 달라지기 때문이다.
어떻게 아쉬운 이별이 없는데
기쁜 만남이 있을 수 있겠느냐.
만남이 자신이 가지는 기쁨이라면
이별은 남에게 주는 기쁨이다.

6

살아가노라면 많은 이별을 하게 된다.
우리는 항상 만남과 이별 속에 살고 있다.
필요에 의해서 만나거나 스쳐 지나다 만나거나
모든 만남 뒤에는 언제나 이별이 있다.
어떤 종류이 이별이건 간에 이별의 순간에는
다시금 새로운 만남을 생각해야 한다.
나뭇잎 흔드는 바람이 늘 그 바람이 아니듯
흐르는 강물이 어제 그 강물이 아니듯
이별은 바람이고 강물이기 때문이다.
이별은 아득한 이름이 아니다.
잠든 나뭇가지를 깨우거나
새의 깃털을 날리거나
강둑에 핀 꽃을 바라보거나
갈대를 슬쩍 흔들어보는 일 같은,
이별이 끝이 아니라
새로운 시작임을 믿는다면
삶은 한층 아름다울 수 있다.

7

세상의 그 무엇도 정지해 있는 것은 없다.
조금씩 혹은 많이 빠르게
또는 천천히 흘러가고 있다.
흘러가는 것이 살아 있는 것이라면
이별도 살아 있는 것의 하나다.
이별은 끝이 아니다
슬픔을 털고 이별해야 한다.
그러나 대부분의 사람들은 그렇게 하지를 못한다.
잠시 헤어지면서 다시는 못 만날 것처럼 생각하고
약속 있는 이별도 영원한 이별인 냥
슬픔의 눈물을 뿌리는구나.
그리하여 길지 않은 목숨을 아파하며
불안해하며 절망으로 끝을 맺고 마는구나.
우리가 이별을 만남의
또 다른 이름으로 기억한다면
이별해도 슬퍼하지 않고
기쁘게 삶을 살 수 있을 텐데 말이다.

8

지금 이 순간에도
세상의 많은 풍경과
세상의 많은 이름과
하나씩 이별하고 있는 것이다.
지금 이 순간에도
세상의 많은 얼굴을
세상의 많은 만남을
가슴에 그리움으로 쌓고 있는 것이다.
설사 그리움이 무겁도록 쌓인다 해도
세상의 그림 하나라도
세상의 노래 하나라도
깊이깊이 받아드릴 일이다.
그것이 세상의 여행길에서
네가 지켜야 할 약속 같은 것이다.

사랑하는 딸아.

세상이 아무리 슬프게 변한다 해도
눈감고 귀 막고 있어서는 안 된다.
아직은 사랑해야 할 모습들이
저렇게 많구나.

설사 그리움이 무겁도록 쌓인다 해도
세상의 그림 하나라도, 세상의 노래 하나라도
깊이깊이 받아드릴 일이다.
그것이 세상의 여행길에서 네가 지켜야 할 약속 같은 것이다.

9

이별은 또 다른 만남을 약속한다.
만남이 낮이라면 이별은 밤과 같은 것이다.
세상은 짧게 혹은 길게
만나고 헤어지는 시간들로 흘러가고 있다.
많은 만남은 언제나
숱한 이별을 전제로 하고 있다.
어쩔 수 없었던 이별,
세상으로부터의 이별,
아름다운 이별, 슬픈 이별…
이별이라는 이름에는 변함이 없지만
어떻게 이별을 받아드리느냐에 따라
이별의 빛깔은 달라진다.

사랑하는 딸아.

이별을 겁내지도 슬퍼하지도 말아라.
우리는 이미 하루하루 만나는 얼굴만큼
이별을 경험하며 살고 있지 않느냐.

10

앞서 흘러간 물은 따라잡지 못하지만
앞서 흘러간 물과 몸 섞지 못하지만
뒤서 흐르는 물은 슬프지 않네.
언젠가는 만날 수 있기에
언젠가는 함께 할 수 있기에
호수에서 만날까. 바다에서 만날까.
흔들리는 가슴에
잎사귀 하나를 띄우네.
눈망울 까만 물고기 몇 마리 살고 있네.
이별은 더 기쁜 만남을 향해 가는 것.
기다릴 수 있어야 하네.
눈물 흘리지 않아야 하네.
그래서 졸졸졸, 철철철
노래하며 흘러갈 수 있네.

11

우리가 살며 경험했던
숱한 만남과 헤어짐들,
살아가면서 때로 우리는
서로 멀어짐을 두려워하지 않았던가.
만남이 얼마나 소중한 것인가를
가슴에 오래 두기 위해서라도
멀어지는 경험을 할 필요가 있다.

사랑하는 딸아.

보고프면 전화를 걸고 문자를 보내고
그래서 기다림을 배우지 못했구나.
때 되면 밥을 먹듯이 만나고
이별도 일상처럼 손을 흔드는구나.
그리움이 없는 시대에
눈물이 말라버린 시대에
산다는 것이 어쩌면
하나같이 거짓처럼 느껴지는 이유를
알 것 같구나.

12

사랑하는 딸아.

이별은 슬픔의 빛깔이 아니다.
이별을 상대로부터 떠나는 것이나
멀어지는 것으로만 생각지 않고
이별로 인해 감사한 마음을 가질 수 있다면
그것은 너를 성장시키는 은혜로움이다.
사람이 육신을 가지고 살고 있는 한
언젠가는 세상과도 이별해야 한다.
누구든지 이 세상을 떠날 때
더 반가운 만남으로 가슴 설렐 수 있다면
그것만큼 부러운 삶은 없을 것이다.
이별이 슬픔의 이름으로 불리지만
슬프기 때문에 아름다운 것인지도 모른다.

13

이별을 생각하면 두려움이고 마음 아픈 일이기는 하지만
이별이란 홀로 서는 시간을 알려주는 것이기도 하다.
몸이 자라고 생각이 자라면
세상에 당당히 홀로 서야할 때가 온다.
집에서 기르는 동물들을 보더라도 알 수 있을 것이다.
새끼들이 자라면 어미 품을 떠나
각자 제 갈 길을 가게 된다.
네가 부모의 품을 벗어나는 일은
또다시 너의 울을 만드는 일이기도 하다.
이별은 슬픔이 아니라 거부할 수 없는 법칙이다.
네가 언제까지나 보호의 울 속에 있기를 원한다면
어느 누구도 네가 세상에 남긴
발자국을 기억하지 못하리라.

14

일본 메이지 시대에 [탄잔]이라는 철학자는
생의 마지막 날 친구들에게 예순 장의 엽서를
보냈는데 그 내용은 이러했다.

"오늘 나는 세상을 떠난다.
이것이 나의 마지막 말이다."

살아가는 일이란 시간을 여행하는 일이기도 하다.
여행을 마치는 생의 마지막 날 엽서를 보낼 친구가
있다면 더없이 좋은 일이다.

사랑하는 딸아.

이별을 슬퍼하기보다 여행의 마지막 날 어떤 내용의
엽서를 쓸 것인가를 생각할 일이다.
삶을 사는 방법에 따라서 엽서의 내용도 달라진다.
그 내용이 후회보다는 기쁨의 글이 되도록 노력해라.

15

이별을 이야기하려니 별의별 이별이
별처럼 떠오르는구나.
특별한 사람과의 이별
별스런 사람과의 이별
별 볼일 없는 사람과의 이별,
다 같은 이별인데 일곱 색깔 무지개처럼
짙게 혹은 옅게 저마다 다른 색깔로
가슴에 있구나.

사랑하는 딸아.

생각해본 일이 있니?
이별한 사람의 가슴에 너는 어떤 그림으로
남겨질 것인가를,
어쩌면 너는 지금까지의 이별보다
앞으로 더 많은 이별을 경험하게 될 것이다.
학교 앞에서 샀던 노란 병아리 한 마리
네가 예쁘다고 꺾었던 꽃들
그리고 어느 봄날 만났던 노랑나비 한 마리,
지금 모두 눈에 보이지 않으니
그것 역시 이별의 하나가 아니겠느냐.

I am happy

16

[헤밍웨이]의 '누구를 위하여 종은 울리나?' 에서
"…이별은 아니니까 안녕 이라고 말하지 않겠어요."
하며 눈물을 삼키던 여인의 모습이 오래도록
잊히지 않는다.
전쟁터로 떠나는 사람,
어쩌면 영영 다시 못 만날지도 모르는
사랑하는 사람에게 차마 '안녕–' 하고
입 밖에 내어 말하지 못하던
안타까운 이별이 모습이…
이별을 기쁘게 준비할 수 있다면
아니 이별할 때 웃으며
다시 만날 것을 약속할 수 있다면
그는 분명 행복한 이별, 행복한 사람일 터이다.

사랑하는 딸아.

이별할 때 이렇게 말할 수 있어야 한다.
"이별해도 슬프지 않아요. 다시 만날 것을
믿으니까요."

17

사랑하는 딸아.

사람들은 자신이 행복하다고 느낄 때
그 행복이 깨어질까 두려워하고
기쁜 만남으로 즐거울 때도
이별을 염려하며 슬퍼하는구나.
봄에 잎을 피우고
여름에 잎을 푸르게 해서
가을에 잎을 물들이고
겨울에 잎 떨구고 선 나무는
두려워하거나 슬퍼하지 않는다.
다시 봄이 올 것을 믿기 때문이다.
우리가 이별을 두려워하거나 슬퍼한다면
어떻게 인간의 삶이 한 그루 나무보다
고귀하다 할 수 있겠느냐.
만나고 헤어지고 그리워하는 일들이
세상의 어떤 법칙과 다를 것이 없다.
지금 어디쯤 너를 향해 달려오고 있는
누군가가 있다고 생각하면
너는 한층 따듯한 가슴으로
기다릴 수 있으리라.

18

등 뒤에 겨울이 있어
가을을 즐기지 못한다면
삶은 불행하다 할 수밖에 없다.
겨울 뒤엔 필시 봄이 있어
겨울의 긴 기다림도 견딜 수 있어야 한다.
설사 한 계절이 고통스럽다 해도
한 계절의 축복이 있어
우리는 기쁘게 살아갈 수 있다.

사랑하는 딸아.

앞으로 네가 성장하여
스스로의 힘으로 살아갈 때도
변함없이 바람은 불 것이다.
학년이 올라가면서 담임선생님과의 이별도
함께 했던 정든 친구들과 헤어져야 할 일도
그 어떤 이별보다 오래 가슴 젖게 할 이별도
너는 경험하게 될 것이다.
지금 네가 겪고 있는 이별이
또 다른 만남을 위한 통과의례임을
굳게 믿고 기다릴 수 있어야 한다.

19

인생이란
강물로 흐르다 바람으로 떠돌다
잠깐 맑은 하늘 한 자락
품에 안아보는 것이라고 말들 하는구나.
인생이란
잠깐씩 비추는 햇살을 만나며
꿈인 듯 주어진 시간을 살다간다.
또 어떤 날은 비에 젖거나
어둠 속을 헤매거나
안개 가득한 길을 걸어야 한다.
길가다 만나는 바람 한 자락
발아래 뒹구는 잎사귀 하나
이제 다시는 만나지 못할지도 모른다.
그래서 스쳐 지나는 작은 의미에도
깊은 눈길을 던져야 한다.
한 여름 목메 울던 매미들도 떠났다.
지금은 청청한 노랫소리만 귀에 남았다.
세상을 뜻 없이 살다 가기보다
그리운 흔적 하나쯤은 남길 일이다.
그래서 이별을 염려하기보다
주어진 시간을 목청껏 노래해야 한다.

20

흐르는 강물은 수많은 노래와 풍경을
가슴에 담고 있는 추억의 물이며
어딘가를 지향하는 잠들지 않는 물이다.
사람들은 흐르지 않고 고여 있는 물을
넉넉함 혹은 충만함이라고들 한다.
흐르지 않는 물이 구원처럼 느껴질 수도 있다.
그러나 그 물의 가슴은
조금씩 썩어가고 있음을 알아야 한다.
고여 있는 물은 다른 세상을 알지 못한다.
하늘을 가슴에 담고 있는 자신이
세상에서 제일이라고 생각한다.
흐르는 물이야말로 살아있는
가슴을 가지고 있다.
이별도 이와 같다.
쉼 없이 흐르는 물처럼 하나씩 이별함으로
새롭게 만나고 더 많은 추억을 만든다.
강이 흘러가면서 넓어지고 깊어지는 것처럼
이별함으로 삶도 성숙해 가는 것이다.

사랑하는 딸아.

머물러 잠들지 않고 흘러 깨어 있어야 한다.

21

세상에는 이별을 잊고 사는 사람들이 많구나.
생각해보거라.
이별이 없는데 어떻게
그리움을 이야기 할 수 있겠느냐.
그리움이 없는 가슴으로 어떻게
만남을 노래할 수 있겠느냐.
네가 간직하고 있는 아름다운 추억들은
너의 시간 속에서 함께 한
소중한 이름들이다.
별처럼 반짝이는 추억 몇 개
가슴에 간직하고 있다면
앞으로의 시간은 더욱 아름다울 수 있다.
세상이 지금처럼
사랑이 메말라 있는 것도
환경이 심하게 오염된 것도
다 이별을 소중하게 생각지 않기 때문이다.

22

"인간이란 그 사람이 하루 동안 생각한 것을 말한다."
라고 한 것은 철학자[에머슨]이다.

"사람의 일생이란 그 사람이 일생을 어떻게 생각했는가 하는 것이다."
라고 한 것은[마르크스 아우렐리우스]이다.

이 말은 생각이란 살아가는데 있어 중요한 길잡이며
어떻게 생각하며 사느냐에 따라 삶이 달라진다는
말이기도 하다.
이별도 그러하다.
이별을 멀어지는 것,
잃어버리는 것으로만 생각하면
오랫동안 슬프고 우울하게 보낼 수밖에 없다.
이별이란 묵은 각질을 벗기는 것,
더 큰 기쁨을 약속하는 것으로
가슴에 두어야 한다.
소중하고 따뜻하게 그리워하며 기다릴 수 있어야
이별은 별처럼 아름다울 수 있다.

사랑하는 딸아.

오늘 네 기억 속에 있는 이별한 사람의 얼굴을
하나씩 떠올리며 그리운 이름들을 하나씩
불러보거라.

23

이별이 만남보다 소중한 것은 이별이 만남의 의미를 알게 해주기 때문이다.

사랑하는 딸아.

사람들은 보고프면 쉽게 만나고
또 이별을 되풀이하면서
만남의 순간만을 기억하고 싶어 하는구나.
만남 뒤에 필시 이별이 있다면
이별의 의미를 가슴에 둠으로
만남이 더욱 소중할 수 있을 텐데 말이다.
'이별하면 또 다른 만남을 가지면 되지' 하는
가벼움은 삶을 아름답게 하기보다 삶을
권태롭게 하거나 추하게 할 뿐이다.
분명 삶은 만남과 이별을 통해 성장하고
이별과 만남을 통해 아름답게 완성되는
것일 테니까 말이다.

24

사람들은 왜 이별이 있기 전에 만남이 있었다는
사실을 잊고 있는지 모르겠다.
사람들은 왜 이별을 한 뒤 다시 만남이 있으리라는
약속을 믿지 못하는지 모르겠다.
오늘도 사람들은 만남과 이별을 반복하며
만남에만 기뻐하고
헤어짐에는 슬퍼하는구나.

사랑하는 딸아.

사람들은 왜 만남의 기쁨은 가슴에 두지 않고
이별의 슬픔만으로 가슴 아파하는지 모르겠다.
만남의 기쁨을 오래 가슴에 두면
이별은 가슴속 꽃을 피우기 위해 이따금 내리는
빗방울 같은 것이란 걸 알 수 있을 텐데 말이다.
사람들은 왜 만남을 위해서는 창을 열어두고
이별을 위해서는 길을 허무는지 모르겠다.
사람들은 왜 자꾸만
이별을 슬픔이라고 하는지 모르겠다.

25

살아있는 많은 것들은
떠나기도 하고 돌아오기도 한다.
우리는 언제든 어디로든
떠날 수 있고 돌아올 수 있다.
그러나 그건 머릿속의 생각뿐이지
주저주저하다 떠나지 못하고 만다.
우리에게는 튼튼한 두 다리가 있고
바퀴달린 탈 것들이 도처에 있다.

봄이 올 때면 봄이 갈 때를
생각하는 조급함이 우리에게 있다.
그래서 아직 봄이 오지 않았는데도
여름을 생각하고 가을 뒤의 겨울을 생각한다.
우리는 오늘을 살면서 내일을 걱정하고
만남의 기쁨보다 이별의 두려움으로
오늘을 맘껏 행복해하지 못한다.
만남 뒤에 이별, 이별 뒤에 만남은
정해진 철칙이고 오고 가는 계절 같은 것이다.
이 순간을 온전히 즐겨라(천박하거나 무의미하지 않게).
그리고 기다려라. 기다리면 다시 온다.

우리는 오늘을 살면서 내일을 걱정하고
만남의 기쁨보다 이별의 두려움으로 오늘을 맘껏 행복해하지 못한다.

26

만남을 소중하게 생각했다면
이별 또한 소중하게 받아들이는
마음이어야 한다.
만남의 끝에 이별이 있듯
이별의 끝에 만남이 있다.
이별을 영원한 이별이 되지 않게 하기 위해서라도
그리움의 불씨 하나쯤 가슴에 두어야 한다.
가슴에 그리움의 불씨 하나 없다면
만남의 인연은 멀고 살아가는 일은
더욱 쓸쓸하리라.
사는 일이 힘들고 감동이 적은 시대이지만
인연을 소중하게 생각한 옛사람들처럼
이별도 삶의 한 부분임을 믿으며 떠나간 사람을
쉽게 잊기보다 인연의 끈을 소중하게 생각하는
가슴이 되어야 하리라.

27

연어는 건강하고 성실하게 살다가 알을 낳은 뒤
하루 만에 고통 없이 죽는다고 한다.
죽음을 이별이라고 한다면
열심히 뜻있게 세상을 살고
후회 없이 생을 마감하는 일은
얼마나 행복한 삶이냐.
세상 사람들은 어떻게 삶을 사느냐 라는
중요함은 잊은 채 몸에 좋은 약이라면
오래 살 수 있는 방법이라면
너도나도 기를 쓰고 몰려드는구나.
신문이며 방송에서 부끄러운 일이
없는 날이 없는 하루하루를 살면서
문득 고향을 찾아와 죽음을 맞는 연어의 삶이
산언덕에 핀 이름 모를 들꽃의 생이
무척 생각나는 하루구나.

네가 보았던 꽃 중에서 가장 아름다운 꽃
네가 만났던 사람 중에서 가장 사랑한 사람
네가 삶을 살면서 가장 소중했던 기억

28

누구나 사랑하는 사람과 마지막 사랑이기를 원한다.
그것은 이별 없이 영원히 함께 했으면 하는
소망 일수도 있지만
한 사람에게 가장 귀한 존재로
남고 싶다는 말이기도 하다.
네가 보았던 꽃 중에서 가장 아름다운 꽃,
(아름답지 않은 꽃이 어디 있으랴.)
네가 만났던 사람 중에서 가장 사랑한 사람,
(사랑을 감히 비교의 개념으로 말할 수 있으랴)
네가 삶을 살면서 가장 소중했던 기억,
(삶을 적당히 살지 않고서야 어떻게 '가장, 이라는
단어를 쓸 수 있으랴.)

흘러가는 시간과 함께
모든 것은 다 떠나가고
모든 것은 가슴에 남는다.
그리운 것들은 더욱 그리워져
네 안에 오롯이 남으리라.
그 중에서도 사무치게 그립고 더욱 깊게 가슴을
흔드는 것이 있다면 그것이 바로 마지막 사랑이다.

29

사랑하는 딸아.

무엇이 너를 슬프게 하느냐.
이별 때문이냐?
만남만이 기쁜 것은 아니다.
때로 잘못된 만남이 얼마나 많이
가슴을 아프게 하였더냐.
하루에도 수없이 만나는 얼굴들이
모두가 기쁨뿐이라면 얼마나 좋겠느냐.
세상에는 진실하지 못한 만남으로 인해
상대에게 상처를, 절망이나 분노를
주는 일이 너무 많구나.
그래서 사랑하는 사람과도 때로 떨어져서
그리워하고 서로를 확인하는 일이
필요하다고 하는구나.
이별이 미움으로 변하게 되는 것이 아니라면
이별이 영원한 이별로 남는 것이 아니라면
우리는 때로 이별함으로
가슴의 사랑을 점검할 시간이 필요하다.

30

어떤 사람은 떠남으로 멀어지고
어떤 사람은 잊혀 사라지고
어떤 사람은 죽어서 헤어진다.
살아가는 일에서 이별이란
둘에서 하나로 되었다가
다시 하나에서 둘로 되는 것이다.
삶이란 흐르는 물처럼
끊임없이 흐르면서 합쳐지고
흐르면서 나뉘어 지는 것이다.
우리는 만남에 너무 연연할 필요가 없고
이별에 너무 안타까워할 필요도 없다.
누군가 삶과 죽음을 이렇게 노래했구나.

"삶이 닥치면 놀란 듯 눈을 떠야한다.
죽음이 닥치면 한가롭게 잠들 듯이
눈을 감을 것이다.
삶과 죽음은 꿈같은 것이다."

우리가 이별을 슬프다 말하는 것은
서로를 알지 못하고 헤어지기 때문이고
더 열심히 사랑하지 못하고 헤어지기 때문이다.

31

"결국 모든 것은 사라지지만 사라지리라는 것을 알면서
사라지기 전의 삶을 사랑하는 사람은 아름답다."고
누군가 이야기했다.
또 누군가는
"사라지는 모든 것들은 아름답다." 라고 했다.
사라지기 전의 삶을 사랑하는 사람이나
사라지는 모든 것들은 아름답다. 라고 말할 수 있는
사람은 필시 삶을 열심히 산 사람일 것이다.
그런 사람만이 '삶은 아름답다' 라고
노래할 자격이 있기 때문이다.
우리는 석양의 붉은 노을을 보면서
두 가지 감정을 느낄 때가 있다.
너무 아름답다 라는 느낌과
왠지 쓸쓸하다 는 느낌이다.
대다수 사람들은 인생의 황혼에 서면
지나온 삶을 후회스러워 하거나 아쉬워한다.
자신이 다시 젊어질 수만 있다면
삶을 다르게 살리라 말하곤 한다.
순간순간의 시간을 아름답다 라고 느끼고
아름답게 만들어 가는 삶이야말로
인생의 끝에서 후회를 줄이는 일이다.

32

죽음을 두려워하는 것은
죽음을 삶의 끝으로 여기는 마음,
죽음과 삶은 다른 것이라는 무지에서 비롯된다.
죽음이라는 단절과 두려움에서 벗어날 때
현재의 삶이 얼마나 소중한가를 깨달을 수 있고
'바로지금여기' 에서 우리가 행복해질 수 있다.
무엇보다 현재의 삶, 지금 순간에 충실하는 일이다.
미리부터 죽음을 두려워할 필요가 없다.
열심히 삶을 살지 않고
죽음부터 걱정하는 일은
자신의 삶을 부끄럽게 하는 일일뿐이다.
죽음은 거부한다고 두려워한다고
피할 수 있는 것이 아니다.
죽음을 가볍게 생각해서도 안 되지만
죽음을 지나치게 무겁게 생각할 것도 없다.
낮에 열심히 일하고 밤이 되어 잠자리에 들듯이
그렇게 맞을 일이다.
내일 새로운 아침이 올 것을 믿으며
기쁘게 잠드는 일이다.

자유란
세상에 자신을
당당하게 세우는 일이지.
자유란
스스로 떠나고 찾고
배워서 얻는 것이지
누가 가져다주는 것은 아니지.

책임질 수 없는 자유는
진정한 자유가 아니지.
그런 자유는
오히려 남을 불편하게 하고
자신마저 구속시키지.

제5부

자유에 관하여

1

자유라는 이름은 소중하다.
한번 꺾인 날개로 다시 날기 위해서는
오랜 시간 고통과 후회의 날을 보내야 한다.

사랑하는 딸아.

사람들은 스스로 날개의 깃털을 뽑아 파는
어리석은 짓을 범하는구나.
날지 못하는 자유가 무슨 소용이 있겠느냐.
사람들은 자유로울 때는
자유의 소중함을 모르고
자유를 잃었을 때 비로소
자유의 소중함을 깨닫는다.
허나 그때는 이미 늦어버린 후다.

2

세상에 진정한 자유란 없다.
어디를 가나 우리는
가정이라는 학교라는 사회라는
질서와 관습이라는
틀 속에 갇혀 살고 있기 때문이다.
어쩌면 우리는
스스로 만든 벗어날 수 없는 시간표 속에서
자유를 배우고 있는 건지도 모른다.
자유란 어디에도 없고
자유란 어디에도 있다.
이 말은 자유란
네 마음속에 있다는 뜻이기도 하다.

3

도시에서 온 부자가 해변을 거닐다 자기 배 옆에 드러누워
빈둥빈둥 놀고 있는 어부를 보고는 어처구니 없어한다.
'여보쇼, 이 금쪽같은 시간에 왜 고기잡이를 안 가시오?'
'오늘 몫은 넉넉히 잡아 놨습니다.'
'시간 날 때 더 잔뜩 잡아놓으면 좋잖소.'
'그래서 뭘 하게요.'
'돈을 더 벌어 더 큰 배를 사고 그러면 더 멀리, 더 깊은 데로 가서
고기를 더 많이 잡고, 그러면 돈을 더 많이 벌어서
그물을 더 사고 그러면 고기를 더 많이 잡고 그러다보면
나처럼 부자가 되겠지요.'
'그러고는 뭘 합니까?'
'아, 몰라서 묻소?
그렇게 되면 편안하고 한가롭게 삶을 즐길 수 있잖소.'
부자의 말에 어부가 대답했다.
'내가 지금 그러고 있잖소?'

자유가 게으름과는 다르지만
욕심은 오히려 자유를 방해할뿐더러
욕심을 통해 얻은 자유는
진정한 자유라 할 수 없기 때문이다.

4

사랑하는 딸아.

자유와 방종은 다른 것이다.
그러나 요즈음 많은 사람들은
방종을 자유인 냥 생각들을 하고 있다.
아니 어쩌면 자유와 방종은
같은 뿌리의 것일 수도 있다.
다만 자유와 방종이 다른 것은
자신의 행위에 대해서 책임질 수 있느냐
없느냐의 차이일 것이다.
진정한 자유란
자신이 책임질 수 있는 한도 내에서
누릴 수 있는 것이어야 한다.
책임질 수 없는 자유는
남의 자유까지 불편하게 하기 때문이다.

5

"자유든 생명이든 그것을 위해 노력하는
사람만이 향유할 권리가 있다."

[괴테]의 말이다.

생각해보면 지금 세상에는 노력하지 않고
자유를 원하거나 자유를 잃고 나서야
자유의 소중함을 깨닫는
어리석은 사람들이 많구나.
자유란 자유의 진정한 가치를
아는 사람만이 누리는 것이다.
자유의 참뜻을 알지 못하는 자유는
무질서와 방종으로 흐르기 쉽기 때문이다.
자유란 흐르는 물과 같아서
길을 따라 흐를 때는 아름답고 소중한 것이지만
길이 아닌 곳으로 흐르거나
너무 지나쳐서 넘칠 때는
홍수라는 이름으로 비난을 듣게 되는 이치와 같다.

6

"스스로를 구속하고 있는 것이 아닌가.
세상에 주어진 푸른 하늘을,
향기로운 꽃들을,
사랑하는 사람을 두고 어둠 속에서
후회로 가슴 치고 있지는 않은가.
자유 속에 있다고 한들 그것이 자유인가.
윤리니, 도덕이니, 관습이니, 전통이니, 역사니
하는 속에서 고삐에 묶인 소처럼
그렇게 살아가는 것이 아닌가."

[조병화] 시인의 글에 나오는 말이다.

자유란 눈에 보이는 족쇄에 스스로를 묶는
어리석음을 범하지 않도록 해야겠지만
눈에 보이지 않으면서 스스로를 묶는
마음속 굴레로부터도 벗어나야 하리라.
쫓기듯 길을 가는 사람이나
할 일없이 공원에 무료히 있는 사람이나
모두 자유와 거리가 먼 사람들이다.

자유란 보이는 것도 보이지 않는 것도 아니며

자유란 보이는 것일 수도

보이지 않는 것일 수도 있다.

세상에 주어진 푸른 하늘을, 향기로운 꽃들을,
사랑하는 사람을 두고 어둠 속에서 후회로 가슴 치고 있지는 않은가.

7

"너는 뭘 그리 꾸물꾸물 생각만 하고 있느냐.
사색하는 놈들은 창밖에 새파란 목초가 있는
것도 모르고 어두컴컴한 방구석에서 시든
목초를 씹고 있는 어리석은 양과 같은 놈들이다.
자, 나가자. 창밖의 저 푸른 목초 밭으로!"

[괴테]의 파우스트에서 '메피스토펠레스' 가
파우스트를 유인해 나가는 장면의 대화이다.

네가 세상을 살아가노라면
때로 '메피스토펠레스' 같은
유혹의 목소리를 듣게 될 것이다.
유혹이란 언제나 달콤해서 가슴을 들뜨게 한다.
그래서 젊은이들은 곧잘 탈출을 꿈꾸고
빗나간 길 위에서 방황하곤 한단다.
그러나 고삐 풀린 망아지의 자유도 있지만
석양에 집으로 돌아오는 생명들의 평화도
자유임을 기억해라.

8

사람들은 자유를 먼 곳에서만 찾으려고 하는구나.
그래서 자신이 몸담고 있는 곳을 벗어나서
다른 삶 다른 세계로 떠나기를 원하는구나.
그러나 그것은 한순간의 새로운 만남일 뿐
끝내 정해진 일상에서 벗어날 수 없는
운명임을 알게 되리라.
특히 감옥에 갇힌 사람은 담장밖엔 자유가 있고
담장 안은 자유가 없다고 단정해버리는구나.
그래서 다시 돌아오지 않는 시간을 절망과
슬픔으로 허물어 버리는구나.

사랑하는 딸아.

담장이 있다고, 창살이 있다고 자유가 없다고
생각하는 것은 어리석은 일이다.
눈에 보이는, 귀에 들리는 자유는
바람에 흔들리는 잎사귀에 지나지 않는다.
발아래 침묵하는 땅과
머리 위 끝없는 하늘을 볼 일이다.
너는 자유 속에 존재하는 진정한 자유를
발견하게 되리라.

9

한번쯤 어디론가 훌쩍 떠나고 싶다는
생각을 해본 적이 있을 것이다.
끝없이 이어지는 삶의 권태로움으로 인해
하루하루가 희색 빛으로 보일 때
누구나 탈출을 꿈꾸게 된다.
망설이지 말고 떠나거라.
가능한 한 목적지를 정하지 않고
누구에게도 알리지 말고 떠나기 바란다.
여행은 계획이 있어야 효과적이라지만
그것은 참다운 자유가 아니다.
발길 닿는 데로, 마음이 끌리는 데로
떠났다가 돌아오거라.
돌아오기 싫으면 얼마간 머물러도 좋으리라.
삶이란 때로 남에게 피해가 되지 않는 한에서
정해진 길에서 벗어날 필요가 있다.
그것이 너의 삶을 더욱 성숙시키고
활기롭게 하기 때문이다.

10

사랑하는 딸아.

살아있는 것들은 모두 떠나기도 하고
돌아오기도 한다는 것을 잊지 말아야 한다.
혼자 떠나기를 두려워하지 마라.
때로 나를 떠나서 또 하나의 나를
멀리 보는 경험을 하기 바란다.
낯선 나를 바라보는 일은 새롭게 자신을
발견하는 일이기도 하다.
하루하루 자신을 잊고 살아가는 시간 속에서
자신의 노래를 들어줄 자신을 만나는 일이다.
가까이에서는 자신의 부분만 보이지만
멀리서는 자신의 전체가 보인다.
떠남 속에서 비로소 자유를 발견할 수 있다.

11

어느 시인의 시에 이런 구절이 있다.

"… … …
일어나 멀리 날 때 너는 너인 것이다.
기어코 너 자신이 되는 것
그것이 너인 것이다."

너 자신이 된다는 것은 남의 계획에 의해서가 아니라
스스로의 의지나 결단으로 삶을 산다는 것이다.
그렇게 될 때만이
하루하루를 살아진다 라고 하지 않고
살아간다 라고 말할 수 있다.
흔들리지 않는 자신의 생각대로 사는 사람을
자유롭다고 생각할는지 모르지만
그것은 자유를 알지 못하는 사람의 모습일 뿐이다.
흔들리는 것은 쉬 쓰러지고 만다.
튼튼한 두 발로 지상을 박차고 높이 날아오를 때
그리하여 비로소 자신이 가야할 길을 멀리 뚜렷이 볼 때
'나는 자유롭다.' 라고 말할 수 있다.

12

"고칠 수 없는 일을 받아드릴 수 있는
편안한 마음을 주시옵소서.
변경할 수 있는 것을 고칠 수 있는
용기를 주시옵소서.
이 둘 사이의 차이를 헤아릴 수 있는
지혜를 주시옵소서."

신학자인 「라인홀드 니이버」목사의 기도문이다.

자유란 질서를 거역해서 얻는 것도 아니고
억압에 순종해서 얻어지는 것도 아니다.
상대의 자유를 존중해주고 자신의 자유를 지키며
상대의 자유가 침해받지 않도록 해야
참된 자유라 할 수 있다.
사람은 누구나 자기가 얻은 습관과 방법을
고치기 싫어한다.
그리고 자기 혼자만의 자유로움으로
세상 전부가 자유로울 것이라고 생각한다.
인류의 역사 속에는 한 사람의 용기가
세계에 새로운 변화를 가져온 예가 있지만
한사람 한사람의 참된 자유가 모여서
넘치도록 행복한 세상을 만든다.

13

자유로워진다는 것은
단순히 하고 싶은 짓을 마음대로 한다거나
가고 싶은 곳을 마음대로 간다는 의미와 다르다.
자유란 외적인 환경보다
내적인 변화로부터 시작되기 때문이다.
아무리 자유로운 상태에 있다고 한들
스스로 마음속 속박에서 벗어나지 못하는
삶이 얼마나 많으냐.
머물러 있다 해도 마음속에 자유로움이 있다면
새처럼 훨훨 나는 기쁨을 누릴 수 있지만
마음속에 자유로움을 갖고 있지 못한 사람은
어디를 가든 두려움에 쫓기듯 살 수 밖에 없다.

사랑하는 딸아.

공부를 하고, 시험을 치고
결과에 가슴 졸이는 일들을
고통이라고 생각하지 마라.
그것들은 네가 삶을 살아가는데 있어
필요한 과정임을 기쁘게 받아들여야 한다.

누군들 그와 같은 과정을 거치지 않았겠느냐.
어떻게 받아 들였나에 따라
삶의 결과는 만족스럽게 혹은 후회스럽게
기록되어 진다.

14

"… 법다운 견해를 터득하려 한다면 남에게 끄달리지않기만 하면 된다. 안에서나 바깥에서나 마주치는 데로 죽여라……. 죽여야만 비로소 해탈하여 사물에 구애되지 않고 투철히 벗어나 자유 자재해진다."

[임제록]에 나오는 말이다.

네가 이 말의 뜻을 잘 이해할 수 있을지 모르겠다.
죽이라는 것은 생명 있는 것들을
죽이라는 말이 아니다.
생명 있는 것을 죽이는 일은
육체의 자유마저 구속시킬 수 있다.
죽이라는 말은 너를 구속시키는 옳지 못한 생각이나
관습을, 자유를 묶는 두려움을
깨뜨려 버리라는 뜻이다.
해탈한다는 것은 속박에서 벗어나
근심이 없는 편안한 심경을 말하며
완전한 자유를 말하는 것이기도 하다.
설사 해탈의 경지에 도달하지 못한다 하더라도
자유로움을 위해 끊임없이
스스로를 묶는 족쇄를 부수는 일이야말로
자신을 높게 성장시키는 일이다.

15

인간은 '나는 누구인가' 로 부터 출발하고
자신의 날개를 한번 퍼덕이는 것으로
삶을 시작한다.
자유란 스스로의 생각으로부터 시작되기 때문에
자신이 자유롭다고 느낄 때 자유롭고
자신이 자유롭지 못하다고 느낄 때
자유롭지 못하다.
사람들은 자유를 남이 주는 것이라 생각하고
자유롭지 못함을 남에 의해서라고
착각하며 살고 있다.
자유와 부자유는 분명 남에 의해서가 아니라
스스로의 생각과 의지에 의해서 임을 알아야 한다.
네가 구하는 것이 자유라면
그것을 너의 마음속에서 발견하도록 노력해라.
자유란 구하는 자에게 주어지는 것이며
자유를 체념하며 사는 사람에게는
주어진 삶도 갇힘 속에서 살게 된다.

16

사랑하는 딸아.

자유란 어쩌면 원천적인 것인지도 모른다.
어떤 곳에 갇혀있다고 자유를 잃었다고 하거나
갇혀있지 않다고 자유롭다고 하는 것은 옳지 않다는 말이다.
어떤 곳에 있든 생각이 자유롭지 못하면
그건 진정한 자유, 자유롭다고 할 수 없단다.
눈에 보이는 건 현상이지만 그건 허상일지도 모른다.
우리는 무엇을 하든지 어디를 가든지
질서나 규칙이라는 것에 따르고 지키며
살아가야 하기 때문이다.
그리고 단체나 소속, 관계를 통해 성장하고
삶을 영위하고 있기 때문이기도 하다.

사랑하는 딸아.

너는 생각해야만 한다.
몸의 자유 유무보다 생각의 자유 유무가
더 먼저고 중요하다는 것을,

그리고 자유로운 생각 속에서

지키고 가꾸는 몸의 자유도 소중하다는 것을.

어떤 곳에 있든 생각이 자유롭지 못하면 그건 진정한 자유, 자유롭다고 할 수 없단다.

17

조선일보 '색연필' 란에서
"도축장에서 젖소가 탈출해서 1시간동안
송파대로를 질주하는 소동이 빚어졌다."
라는 기사를 읽었다.
인간은 억압에 길들여지면 이내 날개를 접고
순종해버리고 만다.
사람들에게 길들여져
줄기차게 봉사만을 해왔던 젖소지만
가슴속에 자유를 포기하지 않았기에
죽음의 순간에 탈출을 결행하지 않았겠느냐.
아빠는 이 신문기사를 읽고
안타까움과 가슴 뭉클한 감동을 함께 느꼈다.
짐승인 젖소도 자유를 갈망하는데
인간이 자유를 포기한다는 것은
짐승보다 못하다 할 수밖에 없다.
우리는 소나 돼지 같은 짐승들의 고기를 먹으면서
그들의 자유는 안중에도 없고 자신의 자유마저
무심히 잊고 사는구나.
이제 젖소는 목숨을 다했겠지만
자유를 포기하지 않은 죽음은
죽음마저도 아름답게 느껴지는구나.

18

더 멀리 떠나면 자유로울까.
더 높이 오르면 자유로울까.
사람들은 미지의 세계를 향해
길을 떠나고 산을 오르는구나.
인간은 정해진 길이든 정해진 길이 아니든
이 세상 속에서 자유를 찾을 수밖에 없다.
그래서 젊은이들은 다투어 배낭을 꾸리고
더 넓은 세상을 경험하라 권하는구나.
자유란 지식과 경험 속에서 발견하는 것이다.
알지 못했던 지식을 책에서 배우는 기쁨
알지 못했던 세계를 여행에서 만나는 기쁨,
네가 배우고 체험하는 시간들은 조금씩 조금씩
너 자신의 날개를 튼튼하게 하는 일이다.
네가 지금 열심히 노력하지 않으면
나는 새들을 부러워 할 뿐
집오리처럼 거위처럼
영원히 날지 못하게 되리라.

19

나무는 늘 만나는 바람을 통해서 세상의
소식을 듣는구나.
먼 세상으로의 자유,
나무는 바람의 자유가 몹시 부러웠구나.
그러나 각자에게 주어진 자유가 때로 조금씩
때로 많이 다르다는 사실을 알지 못했구나.
남의 자유가 네 자유가 될 수 없듯이
네 자유도 남의 자유가 되지 못한다.
바람의 자유를 꿈꾸던 나무는
어느 날 나무꾼에게 베어졌다.
"아, 이제 나는 자유롭게 되는구나.
 발을 묶던 땅과도 안녕 이구나."
라는 생각이 끝나기도 전에 나무는
뜨거운 불 속에 던져졌다.
나무는 한 가닥 연기로 바람을 만났다.
비로소 나무는 그가 꿈꾸던 자유가
바람이 되지 못한다는 것을 알았다.

20

"어른이 된다는 것은
시간으로부터 자유로워지고
차이에 관대해지고,
마음이 따뜻해지는 것을 뜻한다.
지혜롭게 나이가 든다는 것은
내면의 시간이 아주 많아지는 것을 뜻한다."

[김정운]교수의 말이다.

자신의 자유로움을 위해
남을 불편하게 하는 일은 옳지 않다.
관계를 통한 누구 하나라도 자유롭지 못하다면
함께하는 세상 속에서 혼자만 자유롭다는 건
온전한 자유라고 할 수 없기 때문이다.
진정한 자유란 타인에게 뿐만 아니라
자신에게도 자유로워지는 것이다

페르시아 시인인 [사디]는 이렇게 말했다.

"그대가 가진 것이 많거든 대추야자처럼 아낌없이 주라.
그러나 가진 것이 없거든 삼나무처럼 자유인이 되라."

21

세상에는 너 자신의 것이 있고
다른 사람의 것이 있다.
너 자신의 것에 대해 너는 자유로울 수 있다.
너 자신의 자유 속에서 너는 꿈꿀 수 있고
노래할 수 있다.
그러나 다른 사람의 것을 너 자신의 것으로
만들려고 하면 서로간의 자유는 불편해지기 마련이다.
자유란 네가 그리고 싶었던
너 자신의 세상을 만드는 것이다.
우리가 삶을 살면서 자유롭지 못한 것은
자신의 시간이 남의 시간보다 짧다고 생각하고
자신의 꿈이 아닌 남의 꿈을 부러워하고
자신의 행복이 남의 행복보다 작다고
생각하는데 있다.
각자 누리는 행복의 모양이 조금씩 다른 것은
각자 누리는 자유의 크기가 조금씩 다른 것은
어떻게 자신의 시간을 가치 있게
사용하느냐의 결과라 할 수 있다.

22

자유란 참으로 소중한 것이다.
많은 사람이 큰 자유를 얻기 위해
개인의 자유를 기꺼이 버렸다.
우리는 그 사람들의 희생으로
더 많은 자유를 누리며 살고 있다.
그러나 요즈음은 큰 자유보다 작은 자유,
즉 개인의 자유를 더욱 중요하게 여기는 듯 하다.
작은 자유가 모여 큰 자유가 가능하듯
큰 자유 속에서 작은 자유 또한 의미가 있다.
주차문제, 쓰레기문제… …
조금만 개인의 자유가 침해당하면
얼굴을 붉히거나 분노하면서
국민 다수의 자유가 억압당하는 시대에는
침묵하거나 굴복하고 만다.
다수의 자유가 억압당하는 상황에서
개인의 진정한 자유란 존재할 수 없는 것이다.
함께 사는 세상에서
혼자만의 자유로는 살아갈 수 없다.
때로 자신의 자유를 조금 유보하거나 양보할 때
보다 큰 자유를 얻을 수가 있다.

23

네가 보내고 있는 지금 시간이
가장 많은 자유를 꿈꾸는 시간이다.
누구나 자유를 꿈꾸지만
지금처럼 날개가 튼튼하고
가슴이 싱그럽고, 눈이 빛날 때
가장 자유가 목마르고 간절한 시간이다.
그래서 일상의 규칙과 질서도
어른들의 충고나 염려도
자유를 구속하는 장애로 생각해서
적지 않은 젊은이들이
거리를 방황하거나 빗나간 길에서
지니고 있던 자유마저 잃고 슬퍼하는구나.

사랑하는 딸아.

아직은 성숙하지 않은 몸과 마음을 가졌다고
어른들은 너희들의 자유가 위험하다 말들 하는구나.
그렇다면 너희들의 자유를 묶기보다
아름다운 비상이 될 수 있도록
사랑과 관심을 가져야할 것을.

누구나 자유를 꿈꾸지만
지금처럼 날개가 튼튼하고
가슴이 싱그럽고, 눈이 빛날 때
가장 자유가 목마르고 간절한 시간이다.

책 뒤에

사랑하는 딸아.

아빠가 너에게 사랑과 우정, 꿈과 이별
자유에 관해서 이야기 했다마는
그것만이 세상을 사는 일이겠느냐.
살아가는 일에는 다른 많은 일들이 있다.
낮이 있으면 필시 밤이 있고
햇빛이 비치면 그 반대편에
그림자가 있게 마련이다.
다만 네가 기억해야할 것은
어둠에서라도 절망하지 않고
해를 향하는 해바라기처럼
꿈을 버리지 않고 사는 삶이다.

사랑하는 딸아.

살아가는 일에는
사랑과 미움, 우정과 배신, 꿈과 절망
만남과 이별, 자유와 구속이라는
두 개의 모습이 있으며
결국 이 두 가지가 서로 배척하지 않고
껴안을 때 평화는 이루어진다는 것을,
그것이 삶을 사는 지혜라는 것을,
가슴에 깊이 새겨두는 일이다.

|발문|

사랑을 이야기하는 따뜻한 목소리

– 오성택(시인) –

날로 경쟁이 치열해지고 험해 가는 세상 소게 성숙한 사고를 갖지 못한 자녀를 두고 있는 부모들의 불안한 마음은 누구나 같을 것이다.

그렇다고 자녀와 대화를 나누고 사랑을 쏟을 시간이 많은가 하면 그런 것도 아니다. 오히려 함께 하는 시간은 점점 더 부족해지는 것이 현실이다. 자녀들은 자녀들대로 학교다 학원이다 바쁘게 시간에 쫓기고 어른들은 어른들대로 어려운 경제상황을 해쳐나가기에 힘이 들고 바쁘긴 마찬가지다. 때로 부모의 사랑과 걱정은 세대차이, 잔소리로 치부되기도 한다.

이렇게 아쉬움과 목마름을 채우기에 턱없이 부족한 시절에 한 권의 책 '사랑하는 딸아' 는 그 부족함을 채우기에 권할만한 책이라 할 수 있겠다.

그동안 자녀들의 교육과 사랑을 위해 발행된 책들은 많았다. 그러나 대다수의 책들이 어려운 전문용어나 교육적 내용으로만 가득해서 부모들이 읽기에는 도움이 되었을지 모르지만 자녀들에게 읽히기에는 부족함이 많았다. 이 책 '사랑하는 딸아'는 무엇보다 자녀들의 눈높이에서 아빠의 사랑을 전하는 내용으로 되어 있어 자녀들과의 대화 시간이 부족한 때에 부모가 얼마만큼 사랑하고 있는지 마음을 전하기에 적합한 책이라 할 수 있다.

책 내용은 쉬우면서 아빠가 딸에게 들려주는 이야기 형식으로 되어 있으며 사랑과 우정, 꿈과 이별, 그리고 자유의 5부분의 장으로 나뉘어져 있어 공부에 지치고 세상을 배워가는 일에 두려움을 느끼고 있는 자녀들의 마음을 따뜻이 데워주고 촉촉이 적셔주기에 더없이 좋은 책이라 할 수 있겠다.

부모의 자녀사랑은 어디까지나 마음보다 행동이 먼저여야 한다고 생각한다. 먼저 부모가 자녀와 함께 시간을 보내며 사랑을 보여주는 일이다. 함께 영화를 보고, 함께 여행을 하고, 대화를 나누는 일 등 모두가 자녀가 밝고 건강하게 성숙해 가는데 필요한 시간들이다.

그렇지만 어쩔 수 없는 사정으로 자녀와 함께 하며 사랑을 나눌 시간이 부족한 부모라면 사랑의 마음이 담긴 책을 읽을 수 있도록 하는 일이다. 이 책 '사랑하는 딸아'의 '사랑의 장'에는 다음과 같은 구절이 있다.

사랑하는 딸아.

사랑은 받는 것보다 더 많이 돌려주는 것이다.
이제 사랑을 알 만큼 자랐으면
스스로 사랑을 꽃 피워
꽃 한 송이씩 나누어주는 일이다.
꽃 하나가 꽃을 피우고
또 꽃을 피워서
세상 가득 꽃밭이기를 갈망해야 한다.
길을 나서면
사람들은 저마다 오락을 하고
술을 마시고 선물을 사고
하하 호호 즐거워하지만
눈빛이나 가슴은 많이 쓸쓸하고
외로워 보이는 구나.

지하도 걸인 앞에 놓인 빈 깡통
추운 날씨에 허공을 맴도는 자선남비의 종소리
그리고 그 앞을 웅크린 채
총총히 길을 가는 사람들.
더 많은 사랑이 필요한 세상이다.

그리고 '우정의 장' 에는 부모들이 걱정하는 '왕따' 가 없는 자녀의 학교생활을 위해 진정한 우정이 얼마나 중요한 것인가를 들려준다.

사랑하는 딸아.

우정이란 친구에게 네가 다가가는 것이 먼저이지만
친구가 너를 좋아할 수 있도록 하는 것도 중요하다.
"꽃이 꿀을 품고 있으면 소리쳐 부르지 않더라도
벌 나비들이 저절로 찾아오게 마련이다."
네 마음 속에 향기나 꿀 같은 사랑이 가득하지 않으면
네가 친구에게 한 걸음 다가서도 친구는 두 걸음
멀어질 수 있기 때문이다.
참된 우정이란 자신과 상대를 묶는 향기와
상대의 마음을 기쁘고 유익하게 해주는 꿀이 있기

때문일 것이다.

사랑하는 딸아.

진실로 네가 좋아하는 친구를 만나기 위해서는
너는 나비가 되어야하고 꽃이 되어야 한다.

그리고 '이별의 장'을 통해 대다수 사람들이 슬픔이라고 생각하는 이별도 슬퍼할 것이 아니라고 이야기한다.

사랑하는 딸아.

이별은 헤어짐이 아니다
이별이란 서로의 가슴에다
사랑하는 사람의
이름을 새기는 일이다.
지워도 지워지지 않을 만큼 깊이 새기고
그 이름 위에다
그리움을 색칠하고
하루하루 만남을 손꼽는 일이다.
이별은 슬픔이 아니다.

함께 하는 일이 얼마나 소중한 것인가를

배우는 시간이다.

그래서 만남을 믿는 사람은

이별해도 슬퍼하지 않고

안녕하며 웃으며 보낼 수 있는 것이다.

저자는 이 책 '사랑하는 딸아'를 통해 가르치거나 강요하기보다 사랑 가득한 목소리로 딸에게 처음부터 끝까지 나직한 목소리로 이야기를 들려주고 있다. 또 이 책에서 저자는 '꿈'과 '자유'의 장을 통해 힘차게 날개 짓하며 높이 날으라고 말한다.

이 책은 고전이라고 하기에는 많이 부족하고 가볍겠지만 사랑하는 자녀를 두고 있는 부모라면, 특히 예쁜 딸을 두고 있는 부모들에게 기쁘게 권할만한 책이라 할 수 있겠다.

사랑하는 딸아.

아빠가 너에게 사랑과 우정, 꿈과 이별
자유에 관해서 이야기 했다마는
그것만이 세상을 시는 일이겠느냐.
살아가는 일에는 다른 많은 일들이 있다.